OMNIBUS

Roberto Perrone

AVERTI TROVATO ORA

MONDADORI

L'Editore ha cercato con ogni mezzo il titolare dei diritti di riproduzione per l'immagine di copertina, senza riuscire a reperirlo: è ovviamente a completa disposizione per l'assolvimento di quanto occorre nei suoi confronti.

«Averti trovato ora»
di Roberto Perrone
Collezione Omnibus

ISBN 978-88-04-57352-4

AVERTI TROVATO ORA

1

IO E MIMÌ

Il mio primo procuratore si chiamava Mimì Cascella.

Il diminutivo Mimì non sapevo da dove venisse. Qualche volta ero stato attraversato dalla voglia di frugare nel suo portadocumenti e guardare la patente o la carta d'identità per leggere il nome vero, ma se mi avesse sorpreso sarei finito malissimo. Nessuno lo sapeva e Mimì non ci teneva a farne conoscere in giro l'origine. Quando qualcuno, avventato, provava a chiederglielo, lui, dopo aver scrutato con disprezzo il malcapitato, rispondeva: «Da *Mimì metallurgico ferito nell'onore*».

Non sapevo da dove venisse il nome, ma sapevo da dove veniva Mimì. Era nato ad Acquaviva delle Fonti. Questo gli piaceva dirlo, perché a Mimì piacevano le frasi storiche, le sentenze e anche gli epitaffi, sebbene non conoscesse il significato della parola. Del paese dov'era nato diceva: «Vengo da un posto di merda con un nome bellissimo». Siccome non ci sono mai stato, non posso dire nulla sulla prima parte della sua affermazione – magari è un paese bellissimo, ho sempre in mente di andarci – ma sulla seconda posso e devo ammettere che ha ragione lui.

Mimì mi prese che ero poco più di un ragazzo. Lui già allora aveva un'età indefinita che nascondeva dietro l'incredibile grassezza.

Eravamo alla fine degli anni Novanta e Mimì aveva la

procura di tanti giovani come me, soprattutto del Centro-Sud. Era nell'ambiente da molti anni.

Quando mio padre mi portò da lui, dopo la relazione favorevole di un osservatore, fui impressionato dalla sua stazza. Era seduto dietro la scrivania dell'ufficio, in un palazzo del quartiere Prati, a Roma. L'ufficio era al secondo piano e, dopo averlo guardato, mi chiesi come riuscisse a entrare nell'ascensore, un vecchio modello in legno. Indossava un enorme vestito di lino bianco. Il lino gli piaceva. «Mi tiene fresco» diceva. Ne aveva una decina, di tutti i colori e, scoprii in seguito, se li faceva confezionare da un sarto di Napoli che, una volta al mese, saliva sul treno a Mergellina e veniva a Roma per prendergli le misure.

Mimì non si alzò quando io e mio padre entrammo, al seguito della sua segretaria. E neanche ci porse la mano.

«Non è scortesia» ci spiegò dopo che ci fummo accomodati, «ma stando acquattato qua dietro sembro più magro e poi mi sudano le mani. L'immagine è quasi tutto, lo dice anche lui, il mio idolo, che è tale anche se non mi fa invitare ai suoi programmi sportivi perché dice che sono troppo grasso.»

E indicò una foto di Silvio Berlusconi che teneva in cornice sulla scrivania.

Io non ero un ragazzo timido e neppure ignorante. Ormai i calciatori si conquistavano tutti – chi più, chi meno – un minimo di istruzione. Facevo il penultimo anno del liceo scientifico e non ero l'ultimo della classe. Studiavo e leggevo, qualche libro, i giornali, non solo quelli sportivi. Sapevo chi era Silvio Berlusconi, naturalmente, ed ero abbastanza smaliziato da farmi venire dei dubbi su un tizio che si teneva la sua fotografia sulla scrivania, come fosse un parente. Non per motivi politici però, se avessi visto quella di Prodi, i dubbi mi sarebbero venuti allo stesso modo.

Mimì se la rise, osservando la mia espressione.

«Tranquillo, guagliò, non sono fesso e neanche ricchione, ma questo di calcio ne capisce. Quasi come me. Lo tengo per questo.»

Rimasi con Mimì quattro anni, poi lo mollai. Lui non se la prese, se l'aspettava. Gli piaceva lavorare con i giovani, portarli alle soglie del successo.

«Io lo so, tu mi lascera...» canticchiava ogni tanto.

Aveva una bella voce, tonda, piena, intonata. Conosceva centinaia di canzoni a memoria, sosteneva di avere un repertorio da "Rabagliati minore". Io ero un ragazzo di fine millennio e non sapevo chi era Rabagliati così, ogni volta che lo citava, per prenderlo in giro, gli chiedevo: «Ma chi, il terzino del Mantova?».

Mimì mi mandava a quel paese.

Io ero nato in un piccolo paese del Lazio, proprio al confine con la Campania. E l'accento dalle nostre parti era già decisamente campano. Il mio paese non ha un bel nome, quindi non mi piace ricordarlo, ma da quando ho segnato il gol decisivo nella finale tutti lo conoscono e mia nonna mi racconta che adesso vengono pure i turisti e si fermano a fotografare il cartello spelacchiato che s'incontra sulla provinciale.

Perché mi è venuto in mente Mimì?

Perché ogni tanto mi piace ricordare un bel periodo della mia vita, quando ero un ragazzo e giocavo ancora a pallone per divertirmi. Certo, con Mimì lasciai la squadretta di dilettanti dove stavo ed esordii in serie B, con l'Ascoli, a diciassette anni. Da lì ne ho fatta di strada.

No, non è vero che mi piace ricordare. Mimì mi viene sempre in mente perché, in questa storia, c'è una sua battuta che mi ronza in testa, una delle sue frasi a effetto, una delle sue sentenze inappellabili. Questa, tra tutte, mi pare la più esatta che sia stata detta su di me.

Mi ricordo anche quando la disse: una sera che avevo fatto lo scemo ed ero scappato dal ritiro. Venne lui a recuperarmi nella casa al mare della ragazza di Giulianova con cui stavo allora. Stare? Via, ci si divertiva e basta. Io ero un calciatore e lei una ragazza di provincia che cercava un'opportunità e un bel ragazzo. Non era bellissima, ma sessualmente era fuori dal comune. O almeno io la vedevo così.

9

Per questo quella notte ero scappato. L'allenatore, un veneto pignolo che faceva controlli a sorpresa girando con la pila nei corridoi dell'albergo, mi aveva scoperto. Però si trattenne dal cacciarmi dalla squadra perché l'indomani avevamo una partita importante e lui mi voleva a tutti i costi in campo. Perciò chiamò Mimì e gli disse di recuperarmi, ovunque fossi, prima che scoppiasse il caso. E Mimì partì da Roma con la sua Mercedes bianca degli anni Sessanta, un diesel che faceva un rumore d'inferno e inquinava più di una petroliera alla deriva, e mi beccò mentre mi rotolavo con la ragazza sulla spiaggia. Era giugno, il campionato era alla penultima giornata. Una leggera brezza marina rendeva il caldo sopportabile. Avevamo fatto il bagno nudi e mentre ero abbracciato a lei sulla sabbia, mi sentii afferrare per un orecchio e trascinare via, di peso, nudo com'ero. Mi sentii un verme. Una volta in macchina, Mimì tirò giù il finestrino e si accese un Partagas. Io me ne stavo con gli occhi chiusi, pieno di rabbia e vergogna.

«Guagliò, mi hai fatto venire fin qui da Roma e non va bene. Io tengo o core 'ngrato, nel senso che mi fa male se lo sforzo.»

«Mi dispiace Mimì...»

«Sta' zitto. Ti dico solo questo: tu sei forte, hai talento, sei un'ala destra di quelle che qui non se ne fanno più. Hai scatto, dribbling, tiro, visione di gioco. Rispetto ai tuoi colleghi, hai pure uno straccio di cultura. Puoi diventare qualcuno. Non ti buttare via. E poi ti dico un'altra cosa: è inutile che fai il fesso con queste zoccole. Primo, perché di queste quando sarai famoso ne avrai a quintali, e poi perché io ti conosco, io ti vedo» e cominciò a fare la voce strascicata da mago mentre con le mani faceva finta di guardare in una sfera di cristallo, uno dei suoi numeri preferiti, «tu, da questo punto di vista, non stai nei canoni del calciatore medio.»

Canoni? Ancora adesso mi ricordo lo stupore per quei vocaboli che Mimì, a sorpresa, estraeva come conigli bianchi da un cilindro.

«Ah no?»

«No, tu sei uno di quei fessi che s'innamora. Potrai farti tutte le aspiranti miss che vuoi, ma alla fine ti troverai una al cui confronto tutto il resto ti sembrerà fuffa. Quindi, dammi retta, lascia stare, cancella la fuffa da subito.»

Gli ho dato retta solo in parte.

Ma quella sera e le sue parole mi sono tornate in mente ogni volta che Anna non rispondeva ai miei messaggi, alle mie telefonate. Ogni volta che tutto quello che ero, tutto quello che avevo, senza di lei mi sembrava fuffa.

2

IL CALCIATORE FAMOSO

«È lei il calciatore?»

Pur non essendo una bestia come gran parte dei miei compagni di squadra, c'erano degli aspetti della mia carriera in cui mi comportavo come loro. Uno di questi riguardava l'obbligo del rapporto con la gente, i doveri del personaggio pubblico. Potrà sembrare strano, ma a me di avere uno stuolo di fan intorno è sempre interessato poco. Una volta giocavo per divertirmi, poi per divertirmi con i soldi che guadagnavo. In questo non ero cambiato. Da ragazzino, al mio paese, mi bastavano un prato, un avversario, qualcosa simile a una porta dove depositare la palla al termine dell'azione. Da adulto mi interessava la stessa cosa, solo che prima era un fatto fine a se stesso, adesso, al termine dell'azione, c'era un mucchio di soldi da spendere come meglio credevo. In fondo, era sempre una questione di piacere personale.

In ogni caso, una volta c'era solo da rendere felici i tifosi, poi siamo entrati nell'era del politicamente corretto, della bontà istituzionale e non c'è squadra o calciatore, che non debba versare l'obolo e "mostrarsi" mentre si impegna in varie attività di beneficienza. La mia società aveva aderito a un progetto di sostegno e avvio allo sport dei ragazzini nelle periferie milanesi.

Quando il direttore sportivo cominciò a parlarmene, quel giorno in sede, misi automaticamente la mano nella tasca della giacca e tirai fuori il libretto degli assegni.

«Quanto devo dare?»

Lui scosse la testa.

«Non hai capito, i soldi li mettiamo noi e gli sponsor, tu e i tuoi compagni ci dovete mettere la faccia.»

«Ah no, io non metto la mia faccia da nessuna parte. Se vuoi ti do il 5 per mille, l'8 per mille del mio stipendio. Sul 740 o come cavolo si chiama faccio già un versamento alla Chiesa cattolica. Loro si accontentano dei soldi, anche se a messa non ci vado più da anni. Perché non fate lo stesso anche voi?» gli dissi con tutta l'aria strafottente di cui ero capace.

Il direttore sportivo non mi era simpatico, ma non era uno squalo. Io ne ho conosciuti di squali e lui non apparteneva alla categoria. Non s'arrabbiava mai e qualcuno di noi (io compreso) spesso se ne approfittava. Pensavo di fare la stessa cosa in quell'occasione, di cavarmela con poco, ma sul suo viso vidi una trasformazione che mi inquietò. Il direttore sportivo divenne rosso e perse di colpo la sua mitezza.

«Tu lo fai e lo fanno i tuoi compagni, perché si tratta di bambini e il solo fatto che tu non voglia essere coinvolto direttamente mi manda in bestia. E pensare che ti facevo diverso. Mi sembravi in gamba, invece sei solo un egoista, un egoista col cervello, quindi peggiore degli altri.»

Si alzò dalla poltroncina della sala riunioni del club e mi indicò la porta.

«Non me ne frega niente se sei una delle star della squadra. Non azzardarti a svicolare, come fai di solito. Questa volta te la faccio pagare» e mi cacciò.

In seguito, ricordando come è cominciata la storia con Anna, ho ripensato spesso al colloquio con il direttore sportivo e alla sua reazione. Quando uno s'innamora succede così, va a cercare i segni, le sfumature, le premonizioni. Vuole che i suoi sentimenti abbiano qualcosa di speciale, di unico e appaiano come predestinati. Poi ho iniziato a fare così anch'io e mi appare davvero sorprendente che tutto sia nato da una cosa che non volevo fare.

Quella volta, in preda alla rabbia, chiamai il mio procuratore (non era più Mimì, ma un vero squalo, di quelli che l'otto per mille se lo intascava lui e che rubava le caramelle ai bambini) e gli dissi che volevo cambiare squadra, al più presto.

Lui era squalo ma non stupido.

«Senti, facciamo che non ho sentito niente. Tu sei al top, nel momento migliore della tua carriera. Datti una calmata, fai un bel respiro profondo e vai a sorridere mezz'ora ai bambini. Firma qualche autografo, mettiti in posa per qualche foto e vieni via. Fammi il piacere, eh, che io ho dei veri grattacapi e non posso perdere tempo dietro a queste fregnacce.»

Mi trovai così a guidare verso una chiesa che era oltre piazzale Cuoco. Ogni tanto, andando a prendere l'Autosole, ci passavo accanto. C'era un parco, e uno spiazzo su cui si sistemavano i tendoni dei circhi. Una volta, sul ponte che superava la ferrovia, il tale alla guida dell'auto accanto alla mia mi aveva riconosciuto e aveva cominciato a strombazzare e a gesticolare. Ero corso subito alla concessionaria dove avevo acquistato quel costosissimo fuoristrada per farmi mettere i vetri oscurati.

Quel pomeriggio però avevo preso la 207 cabrio. Mi sembrava esagerato andare con le altre auto. E poi, a dirla tutta, avevo un po' di timore che, in quello che giudicavo un postaccio, qualcuno rigasse, o peggio, le mie vetture più preziose. Mentre guidavo nel traffico milanese pensai che, beneficienza a parte, il direttore sportivo mi aveva colpito con quel discorso sull'egoista. Me l'aveva già fatto mia nonna, quando avevo smesso di tornare con regolarità a trovare lei e gli altri parenti.

Arrivai davanti al cancello della chiesa e, mentre cercavo di capire dove poter parcheggiare, sentii picchiettare sul vetro oscurato (li avevo fatti mettere su tutte le tre auto che possedevo). Era un prete. Insomma, non sembrava proprio un prete come quello del mio paese, con la sottana, però non potevo sbagliarmi. Indossava un paio di pantaloni neri stazzonati, una camicia bianca e un pullover blu con la cerniera. Quel giorno non faceva freddo, c'era un'avvisaglia di primavera. Schifosa come può esserlo a Milano, ma pur sempre primavera.

Abbassai il finestrino. Lui infilò dentro la mano.

«Sono don Pietro, piacere, lei dev'essere Marco.»

«Sì, sono io. Buongiorno. Anzi, buonasera. Dove posso mettere la macchina?»

Il prete mi fece un cenno: «Di là. Venga, venga, le apro il cancello. È puntuale, bravo, così non perdiamo tempo».

Entrai in una specie di cortile e parcheggiai accanto a un vecchio pulmino bianco e arrugginito, con il nome della parrocchia mezzo scolorito. Da una portiera scendeva il pezzo di gomma di una guarnizione che qualcuno aveva tentato, vanamente, di riattaccare con lo scotch. Ero fermo lì davanti, a guardare quel vecchio arnese, quando udii una voce alle mie spalle.

«È lei il calciatore?»

Dopo, per molto tempo, ho pensato a quell'istante, a come l'intonazione della voce e il senso della domanda mi avessero irritato. E penso ancora adesso a come l'irritazione svanì quando mi trovai davanti una donna che mi guardava con due occhi chiari, assolutamente privi di malizia e di quel disprezzo che, all'inizio, avevo pensato di cogliere nelle parole che aveva pronunciato.

Vorrei descrivere Anna, ma prima è necessario che io parli un po' di me stesso.

3

CHI SONO

Mi chiamo Marco de Grandis, con la d minuscola. Non c'è un giornale che lo scriva giusto da quando sono diventato famoso, ma a me non importa.

Sono il secondo di quattro figli di un postino e di una casalinga. Siamo due maschi e due femmine. Mia madre è morta quando eravamo piccoli. Io non me la ricordo. Ci ha tirato su mia nonna Filippa. Si chiama proprio così. Nonna Filippa è straordinaria. Le ho comprato il palazzo più bello del paese, ma lei ci abita solo di giorno. Gira per le stanze, fa su e giù per le scale con un piumino, occupandosi di far sparire la polvere, i granellini che si depositano tra un suo passaggio e l'altro. Pranza e cena in cucina con la donna di servizio che le ho procurato. Poi, verso sera, quando la donna se ne va a dormire in una stanza sul retro del palazzo, lei se ne torna a casa sua, quella dove sono cresciuto, un basso, tre locali e un cucinino.

Dice: «Voglio morire dove sono nata, con tutto il rispetto per il palazzo. Questo te lo tengo pulito per te, per quando torni».

Io me ne sono andato a diciassette anni. Il giorno in cui mio padre mi portò da Mimì. Da allora non ho più passato una notte al paese. Ogni tanto torno, a trovare nonna e i miei fratelli, ma arrivo e riparto. Di nascosto per non farmi saltare addosso da tifosi e questuanti. Non è il tornare che intende mia nonna.

«Resti poco, quasi che ti scottasse la terra sotto i piedi» sospira ogni volta che mi abbasso per baciarla nel cortile del palazzo.

Quando torno mi prepara sempre le fettuccine al ragù. Me lo ricordo, il suo ragù. Stava nella pentola a fare "plop, plop" per due giorni, prima delle occasioni speciali e delle feste comandate.

Mimì, quando gliene parlavo, s'invaghiva dell'idea di una gita. «Portami dalla nonna ad assaggiare il ragù.» Anche se non sto più con lui, ci sentiamo ogni tanto, è la persona più simile a un amico che abbia. Così l'anno scorso sono passato da Roma, l'ho caricato e l'ho portato a pranzo dalla nonna. Si è strafogato di fettuccine e dopo lui e la nonna si sono messi in cortile a parlare piano piano in dialetto. Ogni tanto li sentivo ridere.

Dopo, tornando in auto verso Roma, l'ho preso in giro.

«Di', Mimì, perché non ti fidanzi?»

Lui si è fatto serio: «Non scherzare su tua nonna, guagliò. È la persona più importante che hai nella vita».

«Lo so.»

«No, non lo sai. Non è solo quello che ha fatto, ma quello che ti ha trasmesso, quella parvenza di sentimento che hai la devi a lei.»

Questo mi fa pensare ancora al mio paese. Agli inverni freddissimi e alle estati di caldo da capogiro, quando stavamo ammollo nel fiume io e i miei amici di un tempo, quelli che adesso vengono intervistati, quando faccio qualche gol e raccontano tutti di un'altra persona, come testimoni di un delitto che descrivono l'assassino ognuno in un modo differente. Alto, basso, magro, grasso, con la barba, pelato, biondo, bruno.

Ai giornalisti piacciono molto queste storie. Ma una volta sola. Poi s'annoiano, vogliono cose più piccanti, tipo polemiche con l'allenatore, insulti ai compagni, storie con soubrettine, attricette, miss. A me, invece, piacerebbe raccontare di quei tempi, che in fondo non sono neanche tanto lontani. Anche perché, parlando di quella vita, mi sembra sempre di essere migliore, di essere un altro. Questo qui, di successo, quello che tutti descrivono in modo diverso, è in prestito. Prima o poi, come si fa nel calcio, lo riscatto e torna l'altro. Quello vero. Proprio come diceva Mimì.

Mi chiamano "il professorino". Mi hanno sempre chiamato così. Perché ho fatto il liceo scientifico e l'ho finito, perché mi sono iscritto a Giurisprudenza e ho dato quattro esami – i più facili, ma tant'è –, prima di chiudere con gli studi. Ma soprattutto perché, avendo sempre letto qualcosa in più degli altri, non mi era difficile correggere gli strafalcioni che si sentivano nello spogliatoio. Mi veniva naturale.

La prima volta fu ad Ascoli, nel giorno del mio esordio in serie B. C'era un cretino di attaccante che si credeva un fenomeno e dava ordini a tutti perché era l'unico ad aver sommato qualche presenza in serie A. Parlava in continuazione. A un certo punto se ne uscì con la frase: «Tiremm innanz, come diceva Trapattoni».

In un primo momento pensai che scherzasse, ma mi accorsi che non era così, quello era convinto che l'avesse detto veramente Trapattoni.

Così, senza pensare, mentre mi infilavo le scarpette, me ne uscii: «E "andemm indietr" chi l'ha detto, Bagnoli?».

Nello spogliatoio calò il silenzio. Tutti si girarono verso di me. Il giocatore arrogante, che veniva da Lodi ed era alla fine di una mediocre carriera, mi fissò come si fissa un moscerino prima di schiacciarlo.

«Cosa vorresti dire, ragazzo?»

«No, scusa, ma tu sei davvero convinto che l'abbia detto Trapattoni?»

«Sì, certo che l'ha detto lui.»

«Ma non la prima volta, la prima volta l'ha detto un altro.»

«E chi?»

«Amatore Sciesa.»

«Non lo conosco, dove allena?»

Il guaio, anche questa volta, era che non scherzava.

Scossi la testa. Quella conversazione doveva finire. Ma lui non mollò.

«Ohi, fenomeno, ti ho fatto una domanda.»

Sospirando, mi alzai finendo di mettermi la maglia: «Non è un allenatore, è un carbonaro – che non c'entra niente con la carbonara. Era un patriota italiano dell'Ottocento che venne arrestato dagli austriaci e a questi che cercavano di blandirlo dicendogli che lo avrebbero fatto tornare dalla sua famiglia disse: "Tiremm innanz". Andiamo avanti, fate quello che dovete fare».

Nello spogliatoio ci fu un applauso. Un po' mi sfottevano, ma in fondo erano contenti che avessi sistemato l'arrogante rompiballe.

Così sono diventato "il professorino".

Non era un soprannome benevolo, ma a me non fregava nulla. Non ho mai cercato amici, non ho mai costruito nulla di duraturo. Passo per un egoista, come mi ha detto il mio direttore sportivo, un freddo, e forse è vero, forse "quell'altro", quello in prestito, mi condiziona. Ho difficoltà a farmi coinvolgere, a stare al gioco. I giornalisti odiano i giocatori che dicono banalità, ma se uno canta fuori dal coro deve cantare come vogliono loro. Quando arrivai a Milano, mi portarono nella sede del club e mi fecero vedere le foto dei grandi campioni del passato. Qualcuno, tra i giornalisti, buttò lì a caso: «Ma quello lo conosci?».

Volevano incastrarmi, come avevano fatto con molti altri prima di me, e poi scrivere che ero ignorante.

Ma io rispondevo colpo su colpo, manco fossi a Telemike.

Però mi fecero girare le balle, con la loro insistenza. Alla conferenza stampa sparai una serie di ovvietà da far paura.

A un certo punto saltò su uno e disse: «Adesso ci dirai pure che hai sempre tifato per questa squadra».

Fu come quella volta del "professorino". Non so come accadde, ma mi girarono e partii in quarta. Per un personaggio pubblico non è mai una cosa buona, ma non posso farci nulla.

«No, delle squadre milanesi io ho sempre tifato per l'altra.»

Nella sala rimasero tutti a bocca aperta. L'indomani ero in prima pagina dappertutto. "L'enfant prodige tifoso contro" era la sintesi di tutti gli articoli. I tifosi mi fischiarono fin dalla prima apparizione. Ho dovuto segnare una doppietta al primo derby per metterli a tacere.

Da queste vicende ho imparato una cosa. Ed è esattamente il contrario di quello che si potrebbe credere. Ho capito che la banalità, alla fine, non paga. Meglio spararle grosse, almeno ti diverti.

Forse è per questo che mi sono innamorato di Anna. È stato un po' come spararla grossa, andare fuori dalle righe, fare qualcosa di eccentrico, scardinare la banalità. Ma forse è così che deve essere. Così e basta.

Anche se, alla fine, fa male.

4

THE WOMAN IN RED

Mi girai. Davanti a me c'era una donna vestita di rosso. Adesso, quando riannodo il filo dei ricordi, trovo sempre una sorta di buco temporale. Non mi ricordo il suo volto, come se non mi fosse interessato e non l'avessi fissato nella memoria. Il volto di Anna entra in scena più tardi.

Però mi ricordo che indossava un vestito rosso a metà polpaccio e che aveva un paio di ballerine dello stesso colore.

«Sì, il calciatore sono io. E lei, mi scusi?»

Le risposi un po' irritato, continuando a vedere solo il colore, non le forme della donna.

«Sono Anna Mariani, buongiorno, sono la delegata per le questioni scolastiche del consiglio di zona. Grazie di essere venuto.»

E mi porse la mano.

Fu allora, avvolto da quel contatto non molle, non esagerato, ma forte al punto giusto, che la guardai. Era di qualche centimetro più bassa di me, aveva i capelli biondi che le scendevano sulle spalle e il viso era strano. Non un naso pronunciato, non la bocca piccola o grossa, non le orecchie a sventola. Ma tutto l'insieme a me diede una sensazione di stranezza. Perché? Non so dirlo.

Ricordo solo che la guardai un attimo più del dovuto e lei arrossì, quasi strappando la sua mano dalla mia.

In quel momento arrivò il prete che mi aveva aperto il cancello e mi mise una mano sulla spalla.

«Caro Marco, grazie, grazie di essere qui.»

Volevo dirgli di togliere la mano dalla mia spalla o almeno scostarsi, volevo dirgli di dare una mano di bianco – o di qualsiasi altro colore – alla facciata scrostata e piena di incomprensibili graffiti della palestra dove stavamo entrando, ma mi trattenni. Lo feci per la donna. Non so perché, ma mi sembrava che se avessi detto qualcuna delle mie cattiverie lei si sarebbe risentita e mi sarebbe dispiaciuto.

Per cui me ne stetti zitto, ma non senza guardare l'orologio. Erano le quattro e mezzo di un pomeriggio di fine aprile. Faceva caldo, quel caldo innaturale che c'è a Milano quando l'estate arriva in anticipo, quando il cielo non è molto diverso da quello d'inverno, solo che la stagione è bella e c'è più luce, quindi da grigio scuro il colore passa a grigio chiaro. L'impressione generale di soffocamento però è la stessa, identica l'aria malata che ci respiriamo addosso.

Prima di entrare nella palestra scalcinata diedi un'occhiata in giro. Attorno a noi palazzoni anonimi, con terrazzi che contenevano di tutto, come fossero depositi. Non erano enormi, ma su uno al primo piano, proprio di fronte alla parrocchia, c'era anche una moto. Mi chiesi come ce l'avessero portata. Poi mi tornò alla memoria quella volta che a San Siro ne avevano lanciata una dalla curva e scossi la testa. Chi attraversa il calcio non si stupisce più di nulla.

«Andiamo?» mi domandò il prete, di cui mi ero già dimenticato il nome.

Mi sforzai di diventare il figurino del calciatore samaritano. «Andiamo.»

Entrò prima il prete, io lasciai il passo ad Anna. Mentre mi precedeva le guardai il sedere. Non potei farne a meno, era un riflesso condizionato per uno che si faceva tutte le donne che voleva e le guardava come se fossero una

22

sorta di possibile proprietà, ancorché temporanea, anzi sicuramente temporanea.

Però, un istante dopo aver guardato il suo fondoschiena, mi pentii. Mi sentii in colpa, mi sembrò di mancarle di rispetto. Era bello, ma in quel momento la voglia di lei non era quella che avrei avuto in seguito e che ancora ho. Anzi, non c'era proprio. Potrei dire che si trattava di un interesse squisitamente scientifico. E in ogni caso, quando entrai in palestra, ciò che mi travolse avrebbe serenamente azzerato qualsiasi forma di desiderio.

Mi trovai circondato da un numero fuori controllo di bambini bercianti che mi si buttavano addosso con quaderni, penne, fogli di carta, incuranti degli appelli del prete che, rapido come non avrei mai immaginato, aveva raggiunto il piccolo palco sotto il canestro da dove, afferrato un microfono, cercava di controllare quella folla instabile e rumorosa.

Era il tipo di adunata che detestavo. Maledivo la mania delle società sportive per la beneficienza "partecipativa" e soprattutto il direttore sportivo che mi aveva mandato lì. Tutta quell'ipocrisia della presenza, della faccia... non si poteva versare un assegno e farla finita?

E invece eccomi circondato, tra tanta gente accalcata: tutti mi venivano addosso. Non sapevo bene che fare, il palco sembrava lontanissimo.

Mani mi toccavano, bambini mi urlavano nelle orecchie. Avevo un unico punto di riferimento: Anna e il suo vestito rosso che avanzavano svolazzando davanti a me.

Mi ritrovai sul palco, tra il prete e una signora anziana che, mi dissero, era la presidentessa della fondazione che la nostra società sosteneva. Anna era alla sua destra.

Il prete si alzò in piedi e mi diede un'altra pacca sulla spalla. Mi infastidii di nuovo. Per fortuna fu breve e passò la parola alla signora anziana che fu ancora più breve.

A questo punto toccava a me. La palestra era stracolma. I bambini non stavano fermi. Vidi che uno, con la maglia della Juve, mi faceva le boccacce. Sogghignai e quello mi regalò il gesto dell'ombrello, incurante dello scappellotto che gli assestò la signora seduta al suo fianco, forse la madre.

Va bene, facciamola finita, pensai. Dissi quattro frasi facendo uno sforzo immenso, ma la folla si entusiasmò. Risposi a una decina di domande dei bambini, poi fui costretto a mettermi dietro un tavolo a firmare autografi, magliette, perfino un braccio ingessato.

Non so quanto tempo ci stetti. So solo che mi ero completamente estraniato, come un automa. Non ne potevo più.

La palestra era attraversata da zaffate di sudore e Coca-Cola, quella su cui si gettarono i ragazzini quando fu dato l'annuncio che il buffet con pizzette, panini, dolci e bibite era entrato in funzione. Così, approfittai dello sbandamento per infilarmi dietro il palco, individuare un'uscita di sicurezza e andare fuori. C'era un piccolo spazio tra la palestra e la chiesa e mi ritrovai su un tappeto di sigarette. Il fumoir.

All'inizio non la vidi. Fumava appoggiata al muro. Fu lei a chiamarmi.

«Salve. È riuscito a fuggire.»

Mi voltai. Anna mi sorrise, tenendo la sigaretta con leggerezza tra le dita.

«Ne ha una?» le chiesi.

Lei mi fissò seria, allungandomi il pacchetto. «Ma agli sportivi non è vietato?»

«Solo se uno, poi, finisce boccheggiante sul campo, ma io fumo poco.»

Mi appoggiai anch'io al muro e aspirai con piacere la nicotina. Anna non diceva nulla. Io non mi sentivo molto interessato a lei.

Non so come mi venne, ma, dopo aver fissato per un po' una fila di case tutte uguali che spuntavano a un centinaio di metri da noi, le domandai: «Lei abita in questa zona?».

«No, ma la conosco bene.»

«Ma questa è via del Turchino?»

«Certo, e questa è la parrocchia omonima.»

Se c'era un tono sarcastico, non me ne accorsi o non vi diedi peso.

«Allora quelle sono le case popolari di Albini.»

Lo giuro, lo dissi così, perché mi era venuto. Lo dissi guardando davanti a me, distrattamente. Non avevo alcun desiderio di fare il fenomeno – ed essendo uno che il fenomeno l'ha sempre fatto mi si può credere –, non me la volevo tirare, non intendevo far colpo su di lei, non a quel punto della mia vita e della mia carriera. Però feci colpo. Eccome. Non sentii più nulla e così mi voltai dalla sua parte.

Aveva la bocca aperta. Si accorse che la fissavo e mi domandò, come se si trovasse davanti un'altra persona: «Lei conosce Albini?».

«Giocava mediano nell'Inter prima di fare l'architetto.»

Anna rise.

«Non volevo offenderla, ma ammetterà che trovare un calciatore che conosce Albini non è cosa molto usuale.»

«Be', lei non immagina come tira l'architettura tra i calciatori!»

A quel punto ci mettemmo a ridere entrambi.

Fu la prima cosa nostra. La prima cosa insieme.

5
LO SPOGLIATOIO

Ogni tanto, nello spogliatoio, percorrevo, con uno sguardo da entomologo, le facce dei miei colleghi calciatori. Lo feci anche quel giorno, dopo la mia buona azione in via del Turchino.

Il direttore sportivo mi aveva intercettato sul viale che portava agli spogliatoi.

«Bravo, mi ha chiamato la presidentessa della fondazione, mi ha detto che sei stato eccezionale, non solo disponibile, ma anche brillante nelle cose che hai detto. Io lo sapevo che dentro di te non sei il cinico che tutti credono.»

Tu per primo, pensai. Ma se ne andò prima che potessi scoccargli un insulto. Il problema era che camminavo lentamente, stando attento a non rovinarmi sulla ghiaia le scarpe nuove fatte su misura da un artigiano di via Vincenzo Monti.

Un vero pirla, ma perché me le ero messe?

Lo sapevo bene, il perché. Per irritare Diego, l'attaccante brasiliano con cui scherzavo sempre, il mio bersaglio preferito. Lui che era nato povero («Be'» gli dicevo io, «non molto più povero di me») non concepiva che uno si facesse fare le scarpe su misura.

«Una buona scarpa si trova sempre, quelli sono soldi buttati» diceva.

«Sì, e quelli per il fuoristrada che hai tu? Una buona Micra non si trova lo stesso?»

26

Lui faceva finta di menarmi.

«Non è la stessa cosa. Le macchine, le tv, sono un parlare, le scarpe un altro. Te lo dice uno che ha girato scalzo per tantissimo.»

A parte qualche omelia non richiesta (apparteneva a non so quale setta), non era male Diego, anzi, era l'unico dei brasiliani che mi andava a genio. Gli altri tre erano dei veri mentecatti. Il peggiore, il nero, non sapeva articolare una frase di senso compiuto non dico in italiano, ma neanche in portoghese, neanche nel dialetto dello sperduto avamposto amazzonico da dove veniva. Lo parlavo meglio io, che studiavo con un'insegnante privata spagnolo e portoghese. L'insegnante me la facevo pure.

Era carina, una basca di Santander con i capelli neri a caschetto. Era una donna A: le migliori, rarissime, da tenersi strette. Ti scopavano non perché eri un calciatore, non perché volevano un aggancio, non perché eri famoso, ma perché gli piacevi e soprattutto la cosa piaceva a loro. Cioè, come se fossi stato uno normale.

Avevo catalogato le donne in altre tre categorie. Le donne B: quelle che ci stanno perché sei un calciatore e non pretendono nulla, buona anche questa, ma meno della A, perché ti danno l'idea che se non fossi un calciatore non avresti speranze. Le donne C: quelle che pensano, è un calciatore, mi attacco e faccio qualche tipo di carriera, che tristezza. Le D: quelle che si innamorano, magari t'innamori e sei fregato. Le peggiori, queste, da tenersi alla larga.

Non mi ero mai spinto oltre le donne B. A me piaceva campare sereno.

Avevo ventisette anni ed ero nel pieno della mia carriera. Giocavo in una grande squadra, ero titolare in Nazionale e non volevo zavorre. Il sesso mi andava. «Ma una buona pastasciutta o un sarago all'acqua pazza riempiono uguale» diceva Soracco, il difensore di Cava dei Tirreni con cui dividevo la stanza e di cui ero vicino di armadietto nello spogliatoio. Anche Soracco mi piaceva. Lui era sposato e sostanzialmente fedele. Nel senso che secondo me qualche volta faceva pure lui il gallo, ma con discrezione, non era come "l'inglese".

Ah, l'inglese. Si chiama Nick Sestieri e tutti lo prendevano in giro chiedendogli se era parente di Joe Sentieri, con quel nome da cantante anni Sessanta. L'inglese era italianissimo, solo che suo padre, una testa calda degli anni Sessanta, Settanta – uno di quelli con i capelli lunghi che sul campo provavano a fare i rockettari perché avevano un piede buono e finivano per farsi cacciare da ogni squadra, con i loro pastrani con il collo di pelliccia e i pantaloni a zampa d'elefante – era finito a giocare a Howe, in Inghilterra, serie Z, perché doveva sfuggire a reggimenti di creditori. L'inglese era nato lì. Ecco spiegato il soprannome.

Era il nostro centravanti. Alto, grosso, forte di testa e con il destro, meno con il sinistro. Lui, a differenza di Soracco, si fidanzava a raffica con tutte le ragazzine che adesso impazzano in tv. Ce n'è una in tutti i programmi, da quelli sportivi a quelli culturali. Bastava che una fosse minimamente carina e l'inglese recuperava il telefono e chiamava, incurante dei rifiuti.

Raccontano le leggende che, una volta, durante gli Internazionali d'Italia di tennis, avesse visto giocare Anna Kurnikova, quella tennista russa molto sexy. Be', l'ha chiamata in albergo. Respinto con perdite. L'inglese non mi era particolarmente simpatico, ma lo trovavo divertente. Io, invece, gli ero simpaticissimo, aveva una specie di attaccamento morboso, al limite dell'omosessualità. Cercava di coinvolgermi in tutto quello che faceva. Comparsate alle sfilate di moda, puntate in discoteche di Milano Marittima, uscite in massa con soubrette televisive («Eh dài, la mia fidanzata porta un'amica»), vacanze a Formentera, perfino speculazioni finanziarie. Io lo tenevo sulla corda, in qualcosa m'infilavo, per farlo contento o semplicemente perché mi sfiniva seppellendomi di parole mezzo inglesi mezzo marchigiane.

Gli altri mi erano del tutto indifferenti, non avevo rap

porti che non fossero di lavoro. Buongiorno, buonasera e ognuno per sé.

Anche loro, anche i miei compagni, li avevo divisi in categorie. C'erano gli "scapoli-seri" come me: quelli che non giocavano a fare i calciatori da discoteca, non finiva no sui giornali, si facevano gli affari loro. Poi c'erano gli "scapoli-soubrette", tipo l'inglese: quelli che se non fini vano sui giornali o in tv con qualche fidanzata più o me- no famosa non erano contenti.

C'erano gli "sposati-sciolti", come il capitano della squadra, un romano con gli occhi azzurri, che aveva tre fi gli eppure recuperava tutte quelle "smesse" dall'inglese e le portava in uno scannatoio che i due avevano in via Spartaco. Infine c'erano gli "sposati-fanatici", quelli che si tatuavano i nomi dei figli sulle braccia, che guardavano tutti dall'alto in basso, convinti di non far parte della ciur- maglia dei calciatori comuni. Li trovavo insopportabili più degli "sciolti" per il loro moralismo e pure per i tatuaggi. Io odiavo i tatuaggi, gli orecchini, i piercing. E di questo dovevo ringraziare mia nonna. Se mi fossi presentato da lei con qualcosa del genere mi avrebbe spaccato sulla testa il prezioso mattarello che usava per la pasta dei ravioli.

6

LA CASA

La casa me l'ero comprata in una stradina che partiva da via Borgospesso. Quasi tutti i miei compagni preferivano, vista la vicinanza con il nostro centro sportivo, starsene in provincia, dalle parti di Varese o di Como, anche perché avevano famiglia, bambini o necessità di stare larghi. Io odiavo le ville, il verde, il lago. Mi piacevano il cemento, la città, i palazzi. Odiavo la montagna – ogni anno pregavo perché la società non proclamasse il ritiro estivo al di sopra dei duecento metri – e amavo il mare, brullo, senza boschi o pinete alle spalle. Strano, per uno che veniva da un paesello in campagna. Però era così. Dopo quattro anni di permanenza a Milano, quando avevo capito che sarei rimasto a lungo, avevo deciso di prendermi una bella casa in centro. Fino ad allora, avevo vissuto dalle parti della Fiera vecchia in un attico, ma ero in affitto.

Per trovare la casa mi affidai a uno di quei personaggi che gravitano intorno alle squadre di calcio, faccendieri travestiti da tifosi che cercano di spillare qualche soldo ai giocatori. Ne esistono di tutti i tipi. Ci sono quelli che ti vendono i vestiti, che ti trovano le macchine, ti fanno il sito web, ti portano a lavare il fuoristrada, ti indirizzano negli investimenti azionari. Quello diceva di essere un agente immobiliare.

Non sono mai stato un elegantone, ma lui, con la cravatta eternamente slacciata, la barba non fatta, la camicia fuori dai pantaloni e l'atteggiamento untuoso, mi aveva indotto a evitarlo accuratamente. Però, quando firmai il nuovo importante rinnovo contrattuale con la società, presi la decisione. Lo fermai nella sala del biliardo mentre osservava i miei colleghi che giocavano.

Lo chiamai da parte. Io ero in tuta, lui indossava un gessato che aveva visto tempi migliori. L'unica cosa che mi piaceva era la sua borsa di cuoio. Enorme, vissuta. Ero sempre tentato di chiedergli dove l'avesse acquistata, ma mi trattenevo per non dargli eccessiva confidenza. Però volevo una casa a Milano e non conoscevo nessuno. Il mio procuratore, lo squalo, viveva a Roma. Avevo provato con Mimì, ma mi aveva mandato a quel paese. E poi anche lui abitava a Roma.

«Guagliò, con tutti i soldi che hai non sei capace di trovarti una casa? Ma vaffanculo.»

Così mi ritrovai a chiedere aiuto al viscido immobiliarista che aveva cominciato a parlarmi di cross, di gol, e, in genere, a fare il ruffiano.

Però, quando parlai di affari, cambiò immediatamente atteggiamento. Sembrava un altro. Professionale, estrasse dalla borsa un'agenda e partì con una serie di domande secche, puntuali.

«Zona?»

«Milano centro.»

«Restringiamo. Zona Brera, Zona Magenta, Manzoni-Montenapo, Corso Italia e dintorni?»

«Brera direi. Più o meno.»

Lui prendeva appunti senza guardarmi.

«Metratura?»

«Più di cento, meno di duecento.»

«Piano? Hai preferenze?»

«Dal secondo in su.»

«Lo prendi così com'è o da ristrutturare?»

«Da ristrutturare, se occorre.»

«*Money is not problem*, chiaramente» concluse sogghignando.

«Sì, ma non li voglio buttare via. E discrezione, mi rac
comando.»

«Senza dubbio.»

Nutrivo scarsa fiducia in quel tipo che invece piacev<
tanto all'inglese e ad altri come lui. Invece mi sorprese
Un giorno me lo trovai appoggiato all'auto, nel parcheg
gio del centro sportivo.

«Trovata.»

Presi un appuntamento per il giorno dopo. Mi aveva
detto che ci sarebbe stata anche un architetto che conosce·
va, per dare qualche consiglio. Senza impegno.

Quella donna ha rappresentato uno dei grandi enigmi
della mia vita. Mi è rimasta la curiosità di sapere com'era a
letto, ma ho evitato accuratamente ogni coinvolgimento.
Eppure le piacevo. Ecco, io non sono mai stato uno di quelli per cui impazzivano le ragazzine, anzi. La cosa non mi
dispiaceva. Trovavo le donne che volevo, anche belle e raf-
finate. Però non ero uno che lo faceva per obbligo, perché
era un calciatore. Certo, un po' ne approfittavo. Trovarsi
una ragazza se giochi in Nazionale e hai una Ferrari è più
facile che se fai i turni in fabbrica, però non ero un maniaco.
Ero uno normale.

L'architetto mi intrigava, si chiamava Silvia Miroglio.
Era piccola, minuta, scura, e portava, con qualsiasi tempo,
dei fuseaux neri, strettissimi. Sebbene avesse superato i
quaranta, età per me in cui ogni donna sprofondava in un
gorgo da cui non sarebbe uscita mai più, aveva atteggia-
menti da ragazzina.

Secondo me se la faceva con l'agente immobiliare, ma
non ne ho mai avuto la certezza. Davanti a me i due si davano del lei. Se recitavano, erano da premio Oscar.

Io ci sono andato a cena quattro o cinque volte. La conversazione era piacevole ed è stato da lei che ho scoperto
dell'esistenza di Albini e di altri architetti, e poi mi sono
anche comprato alcuni libri.

Quel giorno, la trovai al secondo piano di questo palazzo d'epoca in una viuzza chiusa, molto tranquilla. Era lì

con l'agente immobiliare che si fumava una sigaretta nel salone, dove c'erano un tavolo e diverse sedie («Mi sono permesso di farli portare» disse lui).

Dopo le presentazioni e un rapido giro per la casa, ci sedemmo e chiesi una sigaretta anch'io.

«Pensavamo che venissi con il tuo manager» disse l'agente immobiliare.

Lo guardai male.

«Lui cura i miei contratti, alla mia vita privata ci penso io.»

Mise le mani avanti.

«Ma certamente, l'architetto Miroglio, qui, ha già preparato un progetto. Se ti interessa vederlo...»

«Perché no?»

Lei estrasse dalla borsa un computer, schiacciò qualche tasto e apparve la casa. Era un programma che ti faceva vedere le stanze da varie prospettive, tridimensionali. Confesso che mi affascinò, mi ero figurato un foglio srotolato sul tavolo. E mi affascinò anche il progetto. Come aveva fatto a capire quello che volevo? La casa, rispetto a com'era in quel momento, avrebbe cambiato completamente fisionomia. Un grande salone, tre stanze, di cui una riservata allo studio, due bagni, una cucina con il tavolo in mezzo.

«E il frigorifero a doppia anta» dissi io, «quello che ha anche il rubinetto e lo sportello del ghiaccio, all'americana.»

«Certamente. Quindi il progetto le piace?» mi chiese lei.

«Sì, molto. Quando pensa che potrò venirci ad abitare?»

Ero ansioso di avere la "mia" casa.

Si intromise l'agente immobiliare: «Considerando che il capo dell'impresa da cui abitualmente ci serviamo – a meno che tu non ne abbia una di fiducia – è un tifoso sfegatato della tua squadra, con una maglia firmata per il figlio e qualche gadget, potresti entrarci presto. Che ne dice, architetto?»

«Senz'altro.»

«Comunque, queste sono le chiavi. Intanto, se non ti

secca, ne teniamo una copia per l'impresa. Al più presto riceverai il capitolato.»

Restai da solo, in quel pomeriggio primaverile, a guardare giù in strada. Mi sentivo strano, come uno che finalmente ha qualcosa di suo. Le donne, le macchine, i gol, la carriera, niente mi aveva veramente appagato, fino a quel momento. Guardavo i palazzi di fronte, assaporavo il silenzio della strada sotto di me e pensavo che quella era una forma di felicità. O almeno il sentimento che più vi si avvicinava.

«Il tutto per una casa?» mi domandò Anna quando le raccontai questa storia, proprio lì, nel punto in cui mi trovavo quel giorno e che divenne la mia camera da letto.

Eppure, mi sembrava un concetto talmente chiaro. Nella mia vita non avevo ancora costruito nulla. Tutto quello che avevo fatto rappresentava, almeno ai miei occhi, un enorme susseguirsi di ovvietà. Perfino la mia carriera di calciatore lo era. Io non riuscivo a esaltarmi come tutti i compagni. Ero fondamentalmente un insoddisfatto.

Eppure, in quella luminosa giornata in cui ancora qualche rimasuglio di freddo stazionava nell'aria, mi sentivo come un uomo che aveva posto le basi per qualcosa di duraturo.

Mi sentivo realizzato.

Solo quando ebbi Anna tra le braccia, capii che esisteva qualcosa di più.

7

LA SORPRESA

Adesso, a rileggere ogni istante di questa storia con la len
te del sentimento, mi dico che accettai di tornare dai ragaz
zini solo per rivedere Anna. In realtà, allora non fu così.
Non so perché decisi di prendere la strada della parrocchia. Erano passate due settimane dalla prima volta e il direttore sportivo venne nello spogliatoio a cercare un altro
volontario. Scoprii che si trattava di una serie di incontri,
non di uno solo.

Da me non venne. Parlò con un paio di giocatori dall'altra parte dello stanzone e io vidi le loro facce scocciate.
Non so cosa mi spinse, ma chiamai il dirigente e gli dissi
che sarei andato ancora volentieri.

Mi squadrò sospettoso.

«Be', che c'è? Hai trovato qualche ragazzina che ti piace?»

Non lo credevo capace di cattiverie così esplicite, sebbene non gli piacessi. L'altra volta le avevo sopportate, ma
questa volta mi irritò. Mi alzai in piedi e avvicinai la mia
faccia alla sua. Lui, comunque, non piaceva a me.

«Sa perché io continuo a darle del lei? Non perché la rispetto, ma perché non voglio avere nulla a che fare con un
cialtrone della sua specie. Le concedo di non andarle a genio, ma se mi dice ancora una volta una cosa del genere
l'attacco al muro.»

Se io non lo credevo capace di cattiverie come quella
di prima, lui non pensava che io arrivassi a minacciarlo

in quel modo. Vidi la sua reazione, assistei al cambiamento dei suoi muscoli facciali che dirottavano verso un'espressione spaventata e la cosa mi procurò un brivido di soddisfazione. Estrasse dalla tasca un foglietto e me lo diede.

«Qui c'è il giorno e l'orario. L'indirizzo lo sai» e si eclissò, così in fretta che quasi non me ne accorsi. I miei compagni ridacchiavano, qualcuno mi applaudì. L'inglese si avvicinò e mi diede una pacca sulla spalla: «Professorino, se lo menavi ti davo dei soldi».

Io pensavo una sola cosa: chi me l'ha fatto fare? Ero già pentito.

Lei mi chiamò quella sera stessa. Questa fu la sorpresa Probabilmente il numero gliel'aveva dato il direttore sportivo, per vendicarsi.

Stavo andando a piedi da casa mia a un ristorante in Brera dove cenavo quasi sempre. Era una serata tiepida. Cercavo le traiettorie più buie per non farmi riconoscere da qualche tifoso, anche se a quell'ora la zona non era stata ancora invasa dai nottambuli. Rischiavo solo di incontrare qualche ritardatario dell'happy hour. Happy hour? Cosa c'era di allegro in una giornata che finisce? Per me era un giorno in meno, come il Capodanno.

«Certo che tu sei strano» mi disse una volta il capitano della squadra, quando rifiutai l'invito a un festone rivelandogli che andavo a dormire.

Ero fatto così.

Poi Anna mi chiamò. Stavo passando dietro il palazzo del Terzo Corpo d'Armata. Riconobbi subito la voce.

«Buonasera, non so se si ricorda di me, sono Anna, Anna Mariani, ci siamo incontrati...»

«Mi ricordo.»

«Mi scusi, spero di non disturbarla, ma il direttore sportivo mi ha dato il suo numero.»

«Non mi disturba.»

Non so perché ero così laconicamente disponibile. Forse la sorpresa di sentire la sua voce, quella voce che lei spesso alzava di qualche tono per poi riabbassarla. Una voce che ti avvolgeva.

«Senta, le sembrerò sfrontata, ma volevo chiederle se poteva portare con sé due sue maglie. Quando hanno sa puto che tornava lei, due ragazzi disabili, che sono suoi grandi tifosi e che l'altra volta non c'erano, hanno deciso di venire. Sarebbe bello fargli avere le maglie del loro idolo.»

Chissà perché, ma ero convinto di non piacere ai ragazzini. La mia maglia, secondo le statistiche dell'ufficio marketing, era al settimo posto nelle vendite tra quelle della squadra. In società dicevano che avevo un pubblico che andava dai diciotto ai quarant'anni.

Mi dava molto fastidio quando mi chiedevano le maglie, più che altro perché dovevo a mia volta chiederle in società.

«Certo» le dissi, «nessun problema. Mi faccia solo una cortesia, può ricordarmelo un paio di giorni prima? Il mio numero ce l'ha.»

«Grazie, è veramente gentile. Ah, per sdebitarmi le farò una sorpresa.»

Rideva.

Lo confesso: nelle due settimane successive pensai spesso alla sorpresa di Anna, anche se nella mia mente non aveva ancora questo nome, no, la pensavo come la signora di via del Turchino, quella del vestito rosso. Ne parlai anche all'insegnante di spagnolo e portoghese, mentre ci fumavamo una sigaretta a letto.

«È carina?» chiese lei, con quell'inflessione che mi piaceva tanto e che tentavo vagamente di imitare.

Io non riuscivo più a immaginarmela.

«Aveva un vestito rosso.»

«Ah, *the woman in red*.»

«È grande, adulta, avrà più di quarant'anni, è sposata.»

Non so perché lo dissi. Un istante dopo mi ricordai che non le avevo visto la fede. Però lo immaginavo. Quelle come lei erano sposate. Sempre.

L'insegnante di spagnolo fece un risolino, come se sapesse qualcosa che io non sapevo. Come se leggesse nelle mie parole qualcosa che io non pensavo di averci messo.

Mi alzai nervoso e me ne andai in bagno.

Però non riuscivo a non pensare alla sorpresa che voleva farmi Anna. Ero curioso. Lo ero stato fin da piccolo. Ficcavo il naso dove non dovevo, specialmente in cucina, il regno di mia nonna. Lei mi bacchettava le mani con gentilezza. Usava un mestolo di legno. Se lo portava dietro dappertutto. Mi sbirciava con la coda dell'occhio mentre entravo in cucina e mi aggiravo tra pentole e piatti di portata e come avvicinavo il dito a un intingolo o a un dolce lei, rapida, si spostava e mi colpiva.

«Ah, ah, ah, ecco un topetto in trappola» diceva.

Dopo che la ragazza spagnola aveva detto quella cosa e si era fatta quel risolino, mi ero sentito come quando mia nonna mi colpiva con il mestolo. Però, allora, non mi arrabbiavo. Sapevo che era un gioco. Perché invece ora me ne stavo in bagno con il nervoso addosso?

Fu così che cominciai a pensare ad Anna. Era un pensare concentrico. Facevo lunghi giri prima di arrivare a lei. Partivo dalla mia adolescenza al paese, stavo lì a immaginare che cosa sarei diventato senza il calcio oppure con il calcio come passatempo e non come professione. Poi mi dicevo che mi sarei laureato, magari avrei trovato un lavoro in una città. Napoli o Roma. Avrei conosciuto una ragazza, l'avrei sposata. Per mia nonna questo sarebbe stato il normale percorso per un ragazzo con un po' di sale in zucca. Ma per me era l'ultimo degli obiettivi.

In questi ragionamenti, alla fine, arrivavo a dirmi che avrei sposato una come Anna, una donna intelligente e simpatica con cui fare dei figli. Spesso, quando c'era qualche festa o qualche viaggio all'estero con la squadra, guardavo le mogli dei compagni sposati. Non ce n'era una che mi piacesse, ma probabilmente era colpa del mio carattere.

Avevo cominciato, secondo una consuetudine mentale, a fare classifiche, a stabilire quali tra loro avrei potuto sposare. E arrivavo sempre alla stessa conclusione: nessuna.

Così, riprendendo questi pensieri, in quei giorni che precedevano il mio ritorno alla parrocchia di periferia, giungevo ad Anna, anche se di lei non sapevo neanche se fosse sposata. Però ero certo che lei sarebbe stata una moglie "giusta". Ma era un discorso ipotetico, naturalmente. Mi sentivo sempre in una sorta di convegno scientifico, di sperimentazione.

O almeno era quello che credevo.

8

ANNA, DI NUOVO

Una delle caratteristiche genetiche che mi portavo appresso fin da bambino era il calo repentino delle intenzioni.

Decidevo di fare una cosa, di andare in un posto, di leggere un libro, di vedere un film e poi, quando si avvicinava l'ora, il momento di fare, di andare, di prendere in mano quello che avevo stabilito, scoprivo che mi era passata la voglia, che non desideravo più quella cosa e cercavo il modo di mollare tutto senza fare danni, agli altri, ma soprattutto a me stesso.

Mancavano due giornate alla fine del campionato. Una stagione in cui non avevamo vinto nulla. La domenica precedente avevamo giocato a Messina, pareggiando una partita orribile. Era molto caldo e facevamo a gara a piazzarci nell'unico spicchio di campo dove c'era un po' d'ombra.

Qualche anno prima Mimì mi aveva raccontato la storia di un calciatore famoso che si sistemava sempre dove non batteva il sole. Non gli avevo creduto. Invece, quella domenica, eravamo tutti lì, chi più, chi meno.

Dopo la partita (0-0) l'allenatore ci aveva insultato negli spogliatoi, dicendoci che eravamo dei lavativi, che ci dovevamo vergognare, con tutti i soldi che ci davano. E queste erano le osservazioni più civili. Aveva detto anche di peggio. Aveva ragione. Gli unici ad aver giocato veramente a pallone – o a qualcosa che gli assomigliava – eravamo stati io e l'inglese. All'allenatore non piacevamo, ricambiato ampiamente da noi, ma era uno vero, uno che se doveva dire una cosa la diceva, senza guardare in faccia nessuno. E la disse, davanti a tutti.

«Imparate dal professorino e dall'inglese. Non sono simpatici neanche al loro specchio, ma almeno sono seri.»

I compagni ci avevano guardato con odio. Io avevo alzato le spalle. Però quel clima non mi piaceva, mi metteva addosso una specie di tristezza, come se non ne valesse la pena. Una specie, perché in fondo non me ne fregava niente di niente. Per cui mi stavo anche dimenticando che avevo preso l'impegno di andare di nuovo in via del Turchino. Mi venne in mente quella mattina, tornando verso Milano dall'allenamento.

I cavalcavia delle tangenziali cominciarono a cedere il posto a un altro scorcio di periferia che attraversavo praticamente ogni giorno come in apnea. Misi un cd di KT Tunstall e cominciai a elaborare un piano per evitare di presentarmi, senza far innervosire o deludere nessuno. Poi mi ricordai delle due maglie che avevo nel bagagliaio, quelle per i due ragazzi con l'handicap.

No, non fu questo che spazzò la mia non voglia. Fu per la sorpresa di Anna. Fu la curiosità a spingermi. Nient'altro. Volevo sapere che cosa si era inventata. Non era lei, lo giuro, non ancora. Ero curioso e soprattutto ingordo. Mi piacevano i regali, specie quelli annunciati e misteriosi.

Così mi dotai di pazienza e tornai in quella zona periferica che non mi piaceva per niente, anche perché sorgeva vicino all'area dove si fermavano i circhi che venivano a presentare i loro spettacoli a Milano. A me il circo non piaceva, non mi divertiva. Puzzava, soprattutto, e io non sopportavo i cattivi odori. Guardai il tendone scolorito a righe bianche e blu e svoltai nella via con il mio fuoristrada.

In questo non ero diverso dai miei compagni. Mi veniva da ridere a vedere l'allineamento delle nostre auto tutte uguali nel parcheggio del centro sportivo. A me quell'auto piaceva. Mi dava un po' fastidio che ognuno di noi ce l'avesse, ma forse anche agli altri veniva lo stesso pensiero a guardare la mia. In ogni caso, quel giorno pioveva e già mi innervosiva il fatto che l'auto si bagnasse, in più trovai il parcheggio intasato di macchine.

Non provai neanche a cercare un posto e infilai il mio macchinone nel primo spazio disponibile. Inserii l'antifurto guardando mestamente il mio gioiellino. L'avrei ritrovato intatto? L'avrei ritrovato, soprattutto? Rimpiansi di non aver preso una delle auto che lo sponsor principale metteva a disposizione dei giocatori.

Stavo fissando la mia auto, da sotto una grondaia, indeciso se riprenderla e andarmene, quando mi sentii chiamare.

Oltre il cancello, c'era una donna che non riconobbi perché l'ombrello la copriva in parte.

«Ciao, vieni, entra pure» urlò, mentre io correvo verso di lei per non bagnarmi.

Anche l'uso del tu mi scompaginò, però mi rifugiai sotto il suo ombrello e fu allora che la riconobbi. Era lei, era Anna Mariani.

«Buongiorno» mi venne da dirle, mentre la studiavo. Indossava un paio di pantaloni verdi e una maglietta bianca. Sopra aveva una giacca a vento leggera.

«Be', io sono passata al tu, se non ti dispiace.»

«Ma no, certo.»

Restammo un attimo lì, sotto la pioggia. Io ero attirato dal suo viso, dalla sua stranezza, da quel naso che non sapevo definire.

«Ti sei ricordato le maglie?»

«Ah, sì, giusto, le ho nel bagagliaio, vado a prenderle» e feci per avviarmi. Ma lei mi prese il braccio. Fu un contatto leggero, eppure netto.

«Aspetta, ti accompagno, così non ti bagni.»

Andammo insieme, stretti sotto l'ombrello. E a un certo punto io le afferrai il braccio. Lei si voltò verso di me e mi sorrise.

Recuperammo le maglie ed entrammo nell'oratorio. Mi chiesi dove fosse il prete dell'altra volta e lo chiesi anche a lei.

«Ha un funerale. Oggi siamo in meno, non c'è neanche la signora della fondazione.»

Mi ritrovai nella sala. Anna aveva ragione: era mezza vuota. Ma, rispetto alla prima volta, c'erano molti bambini sulle carrozzine o comunque disabili. Nei confronti dei portatori di handicap (o disabili, o diversamente abili, come li ho sentiti chiamare) ho sempre avuto uno strano atteggiamento. Di commozione, ma mai di solidarietà. Insomma, come se provassi per loro qualcosa che poteva essere pena, ma senza mai lasciarmi coinvolgere.

Nel sacchetto che avevo in mano c'erano le due maglie che Anna mi aveva richiesto.

«Scusa, ma ho solo due maglie e qui è pieno di ragazzini, come facciamo?»

«Non ti preoccupare, sono solo due quelli che me l'hanno chieste. Poi le do alle madri.»

La seguii sul palco, mentre i ragazzini applaudivano. Mi venne da guardarle il sedere, nuovamente, e come nel primo caso non provai nulla se non il desiderio di formulare un giudizio oggettivo: bello.

Fu lei a presentarmi e a farmi qualche domanda. Io fui più spigliato rispetto alla precedente apparizione. Dissi qualcosa, risposi a lei e ai ragazzi, firmai gli autografi. Poi corsi fuori a vedere se la mia macchinona c'era ancora. C'era e mi sembrava in buone condizioni.

Non pioveva più, ma l'aria si era rinfrescata. Mi strinsi nel giubbotto. Mi ritrovai accanto Anna che mi porgeva una sigaretta. La presi. Lei me l'accese. Restammo qualche istante a guardarci, poi Anna disse: «Allora, la vuoi la sorpresa che ho preparato per te?».

«Be', sono venuto apposta.»

«Allora andiamo.»

Mi venne da chiederle dove, ma prima che potessi aprire bocca lei si diresse verso una moto, aprii il bauletto e ne estrasse un casco che mi porse: «Spero che sia della tua misura».

«In moto? E guidi tu?»

Se era quella la sorpresa mi aveva veramente colpito.

«Certo, sono bravissima.»

Io ero titubante.

«Sai, noi calciatori evitiamo gli sport dove ci possiamo far male, tipo ciclismo, sci, motociclismo...»

«Questo non è uno sport, questa è sopravvivenza. Attraversare Milano in macchina a quest'ora è impossibile.»

Cedetti. Mi infilai il casco e mi sedetti dietro di lei. Restai lì, indeciso se afferrarle i fianchi, ma alla prima curva mi venne naturale. Lei non si scompose. Anna guidava nervosa, rapida, tutta slalom e scatti. E insultava gli automobilisti a raffica. Da dietro la visiera del casco integrale scorgevo le facce dei "rivali" spiazzate da quella donna che vomitava loro addosso un turbinio d'insulti.

Mi divertivo. Attraversammo rapidamente Milano nell'ora di punta e ci ritrovammo vicini al parco Sempione. Improvvisamente Anna sterzò, la moto quasi slittò su uno sterrato e poi si fermò. Alzai gli occhi e vidi un palazzo.

«Dove siamo?» le chiesi scendendo dalla moto.

Lei afferrò i caschi e li mise nel bauletto. Mi sorrise.

«Questa è la Triennale, la conosci?»

«Non è un posto dove fanno le mostre, una specie di museo?»

«Appunto. Guarda il cartellone.»

Mi voltai, c'era un cartellone rosso con un nome stampato sopra in bianco. ALBINI.

«Pensavo che ti facesse piacere visitarla.»

Mentre entravamo mi chiesi quand'era stata l'ultima volta che avevo visto una mostra. Forse a Napoli, al museo archeologico, da ragazzo. Mostre mai, quella era la prima.

Non che morissi dalla voglia di vederla, ma la sorpresa, in un senso o nell'altro, c'era stata.

9
@MAIL

La prima e-mail mi arrivò due giorni dopo.

A un certo punto, nel fluire di quel pomeriggio così anomalo – almeno per come li passavo io –, aveyo scritto ad Anna il mio indirizzo di posta elettronica su un tovagliolino di carta.

Fu al bar, quando io chiesi un chinotto e lei, senza fare una piega, si fece portare una birra media. Guardavamo gli alberi del parco, gocciolanti dopo il temporale e lei trangugiava patatine e beveva birra. La osservai meglio e vidi un accenno di pancetta che le spuntava dai pantaloni. Non mi dette fastidio Nulla, in lei, m'infastidiva, piuttosto m'incuriosiva. Sì, questo. Anna era una donna curiosa che faceva incuriosire chi stava con lei. Mi accorsi che di lei sapevo poco. Anzi, praticamente nulla. Aveva diversi anelli e uno mi sembrò una fede.

Eravamo seduti in un angolo del bar e per fortuna non c'era molta gente e quella poca ci lanciava rari sguardi. Il frequentatore della Triennale, con ogni probabilità, non era un patito di calcio. Nessuno mi aveva rivolto la parola per domandarmi un autografo, nessuno ci riservava un'attenzione particolare.

Il bar era lungo e con una vetrata che dava sul parco. Avevamo visto la mostra di Albini e ne ero rimasto affascinato. Mi erano piaciute soprattutto le sedie, le poltrone, una strana libreria a compasso. Anna spiegava, raccontava, io la seguivo stupito di essere lì e di essere interessato a qualcosa.

«Be', non hai mai visto una donna che beve una birra?»

Si era accorta che la stavo fissando.

«Non con questa dedizione.»

«Le ragazze che frequenti tu cosa bevono?» mi chiese distrattamente.

«Di tutto.»

«Allora perché sei così stupito?»

«Mah, non so, è che non ti facevo una da birra.»

«Perché mi occupo di sociale e solidarietà?»

«No, così.»

Non sapevo cosa dire. Allora mi misi in bocca una manata di patatine.

«E tu? Mangi le patatine, non ti fanno male?»

«Campionato quasi finito, patatina libera.»

Lei rise, poi, con una lunga sorsata, quasi finì la birra.

Rimanemmo lì, senza parlare per un po', un raggio di sole s'insinuò tra la sua birra e il mio chinotto.

«Usciamo a fare due passi?» mi chiese.

Scendemmo per il sentiero dietro la Triennale. Solo allora mi accorsi che c'era un bar, lì accanto, un posto tutto leopardato dov'ero stato una notte per la festa di una modella, fidanzata con qualcuno dei miei compagni.

«Sei fidanzato?» chiese Anna a bruciapelo.

«E tu?» le risposi con una domanda.

Lei si fece una risata e mi mostrò la fede.

«Sono sposata con prole. Ho due figli, un maschio e una femmina.»

«Io no. Non sono fidanzato e non ho figli.»

Mi aspettavo che facesse qualche battuta sui calciatori che hanno tutte le donne che vogliono, ma non la fece. Peccato, mi ero abituato alle sue battute.

«Che lavoro fai?» le chiesi.

«Insegno Storia dell'arte all'università.»

«Un professore... perbacco.»

Fece una strana piroetta su se stessa: «Non ti sembro un professore?».

«Ma no, lo sembri, ma mi fa impressione.»

«È perché mi hai visto così, in mezzo ai ragazzi, scapigliata, ma nell'armadio ho anche qualche tailleur, me li metto quando ho gli esami.»

«Dai ancora esami?»

Lei rise e quasi scivolò sull'acciottolato. L'afferrai prima che cadesse. Si rimise in piedi e mi fissò.

«Non mi chiedi quanti anni ho?»

«Non si chiedono mai gli anni alle donne.»

«E questa chi te l'ha insegnata?»

«Mia nonna.»

Anna alzò la mano destra: «Di fronte alla nonna mi arrendo, comunque ho quarantadue anni. Da compiere. Tu ventisette, vero, me l'ha detto mio figlio».

«E dove sta tuo figlio adesso?»

«Spero a casa, con mia figlia e la nostra irrinunciabile tata che fa il miglior risotto alla milanese della città, pur essendo di Donetsk.»

«E tu, come te la cavi in cucina?»

Fece un'espressione compiaciuta.

«Sono bravissima. Avevi qualche dubbio?»

Fino a quel momento non mi ero chiesto che cosa ci stessi facendo lì, mi sembrava tutto normale. Mi divertivo, stavo bene, ma lo sguardo insistente di un paio di ragazzi che incrociammo mi riportò alla realtà.

Alzai le mani: «Neanche uno. Scusa la domanda» e, insieme, scoppiammo a ridere.

La mia giornata da persona qualunque volgeva al termine. Ma mi dispiaceva che quel pomeriggio fosse finito. Non sapevo come dirglielo.

Fu lei, che non si era accorta del mio disagio, a guardare l'orologio: «Com'è tardi, ti spiace se ti riporto alla tua auto?».

«Se c'è ancora...»

Mi pentii subito della battuta, ma Anna sorrise: «Be', anche tu, che vieni nel Bronx con quel macchinone. Che ne hai fatto dell'altra?».

Non mi ricordo cosa le risposi. So solo che ci ritrovammo sulla sua moto a fare lo slalom in mezzo al traffico milanese della sera.

«La stagione è finita, ma vorrei comunque evitare di rimetterci una gamba» le urlai per superare il rumore di motori e clacson.

Lei assentì, ma continuò a guidare come aveva fatto all'andata, zigzagando tra le auto e urlando di tutto ai conducenti che si macchiavano dei reati per lei più gravi, in particolare quello di non lasciarla passare o di tagliarle la strada.

«Ma il pc lo usi spesso? Se ti scrivo te ne accorgi? Rispondi?» mi urlò, per sovrastare il rumore delle macchine, a un semaforo.

«Certo.»

Non sapevo cosa mi avrebbe scritto, mi piaceva l'idea di mettermi a dialogare con una donna più grande di me, per vedere l'effetto che faceva.

Anna si fermò accanto al mio fuoristrada. Scesi dalla moto e le restituii il casco. Mi massaggiai la testa, mezzo intontito.

«È un po' stretto.»

«Scusa, è quello dei bambini, ma uno più grosso non ci sta nel bauletto.»

«Allora... grazie e... alla prossima» disse Anna e, sporgendosi dalla moto, mi diede un bacio sulla guancia.

L'e-mail arrivò due giorni dopo.

Ero al centro sportivo, nella sala internet, e mi ero collegato per vedere la posta. I miei compagni avevano quasi tutti un sito ufficiale (e una serie di non ufficiali). C'era sempre un tifoso pronto a fare da webmaster a un calciatore famoso. Io mi ero rifiutato. Avevo solo le mie due o tre caselle di posta.

Scrivevo alla segretaria di Mimì, Adele, delle mail che lei portava a Mimì e lui mi chiamava al telefono e mi riempiva di insulti. Dialogavo col mio procuratore. Ogni tanto rispondevo ai molti tifosi che mi scrivevano. Ma non a tutti, non ne avevo voglia.

Quel giorno avevo acceso il computer per vedere se il procuratore aveva raggiunto l'accordo per uno spot dove avrei dovuto pubblicizzare una marca di biscotti.

Non c'erano sue mail, ma tra i molti nomi sconosciuti e qualcuno conosciuto, ce n'era uno che mi colpì. ANNA MARIANI. Aprii la mail.

Che noia in facoltà con questi ignoranti che vengono a dare gli esami. Ma perché non ti iscrivi tu?

La sala internet era stata ricavata dimezzando quella del biliardo, tra le proteste di una parte dei compagni di squadra. Non c'era una porta che le separava. Così, improvvisamente, avvertii una presenza alle mie spalle.

«Oh, professorino, adesso ci provi anche via internet.»

Era l'inglese. Aveva in mano una stecca e mi guardava con aria strafottente. Spensi il computer senza rispondergli e feci per andarmene. Mi bloccò con la stecca.

Mi fissò con aria truce. O almeno con un tentativo di aria truce.

«De Grandis, tu mi piaci, ma non abusare della mia pazienza. Non mi piace quando metti su quella faccia da superiore.»

Rimanemmo lì, in piedi, a guardarci male, poi io scostai la stecca e gli sorrisi.

«Caro inglese, anche tu mi piaci. Fossi anche bravo a giocare a pallone saresti perfetto.»

Lui si fece una risata e si allontanò verso la sala biliardo, richiamato dagli schiamazzi degli altri giocatori. Io mi avviai verso il parcheggio, pensando alla mail con cui avevo risposto ad Anna.

Solo se tutti i professori fossero come te

10
COMINCIÒ COSÌ

Cominciò così.

Mi chiedo, a volte, in quante storie d'amore avvenga lo stesso, quale sia la percentuale di innamoramenti in cui ci si aggira per strade secondarie, ci si muove distratti come se si cercasse il luogo più adatto per un picnic, come quello che, a un certo punto, proposi ad Anna, in uno dei nostri furibondi dialoghi virtuali. L'aggettivo "furibondo' lo aveva tirato fuori lei. Scriveva molto bene e diceva che lo facevo anch'io. Voleva veramente che mi iscrivessi all'università.

«Prova con Lettere» mi suggeriva.

«Perché non Fisica?» ribattevo, cercando di provocarla.

Lei non se la prendeva mai. Scherzava, non era assolutamente una persona permalosa. Mi ricordava mia nonna. Non avevano nulla in comune, ma avevano lo stesso modo di stare con la gente, la stessa capacità di passare dall'insulto al cameratismo, di dare del tu a tutti e di rinserrare le fila se qualcuno oltrepassava una delle linee di demarcazione dell'eccesso di confidenza.

Io, che non ero mai stato un maniaco di computer e internet, appena potevo mi collegavo e se lei era in rete cominciavamo a scriverci. Parlavamo di tutto. Anna spesso affrontava, con fervore, questioni sociali e politiche. A me piacevano le sue digressioni sull'ambiente, la giustizia, la solidarietà, il governo. Non mi annoiava, non mi dava fastidio e poi mi divertivo a stuzzicarla.

Intanto iniziavamo a conoscerci. Un giorno scoprii che parlava benissimo francese, arrotava perfino la erre come faceva un calciatore che avevo avuto in squadra durante il primo anno a Milano.

Le dissi che studiavo spagnolo e portoghese.

«Perché proprio lo spagnolo e il portoghese?»

«Perché vorrei finire la mia carriera in Brasile.»

«In Brasile? Ma ci sono giocatori italiani laggiù?»

Mi stupiva e m'intrigava la sua totale ignoranza di tutto ciò che riguardava il calcio. Era divertente parlare di calcio con lei. Non sapeva praticamente nulla e per uno abituato ad ascoltare prediche, a farsi insegnare tattiche, a subire i suggerimenti di milioni di persone, giornalisti, fan, esperti, dirigenti, allenatori, tifosi, era strano dialogare con un essere umano di una razza che, fin da bambino, non avevo mai frequentato. Uno con cui non dovevi dare per scontato nessun nome o termine tecnico. Uno che ti faceva sembrare una specie di insegnante di qualcosa. Il dottor de Grandis, docente in calcio.

«Zambrotta? Il nome mi dice qualcosa» mi interrompeva, «ma dove gioca?»

«Corner? C'entra con Hyde Park?»

Dunque le spiegai la mia idea folle di andare in Sudamerica a finire la carriera. Meno soldi, certo, ma tanto ne avevo già un mucchio. Rio de Janeiro, Buenos Aires, quattro-cinque anni da solo, all'altro capo del mondo. E poi la novità di un calciatore italiano che fa il percorso inverso. Una specie di emigrante del secolo scorso o di due secoli fa.

Allora mi raccontò che anche lei era stata all'estero. In Francia, a Tolosa, come ricercatrice all'università.

Ecco perché aveva imparato il francese così bene.

Nelle successive partite di campionato mi portai il pc appresso e la faccenda colpì i miei compagni.

Il capitano mi chiese: «Ci guardi i dvd?».

Mi venne sulla punta della lingua una delle mie rispo

51

ste esageratamente maligne, ma mi trattenni. Non so, era come se l'unica forma di conversazione divertente fosse con Anna, attraverso le sue mail o i suoi sms. Ad Anna non sfuggivi, ti raggiungeva dappertutto con le sue battute. Per fortuna mancava poco alla fine della stagione ed erano tutti distratti, altrimenti quella mutazione improvvisa nel mio stile di vita, quel comportamento così inusuale per uno come me, che telefonava pochissimo, a differenza degli altri, e normalmente tendeva a isolarsi, sarebbe stato notato.

Anche a casa, invece che davanti al maxischermo che mi ero fatto sistemare in sala, mi acquattavo davanti al tavolino da farmacista – molto bello, con cassetti profondi, me l'aveva trovato l'architetto e l'aveva fatto restaurare vendendomelo a peso d'oro – dove avevo la postazione fissa.

Non ci crede nessuno quando lo dico, ma non pensavo minimamente di essere innamorato di Anna. E non pensavo neanche di portarmela a letto, così, per sport, per piacere, perché ai calciatori capitano cose del genere. Era divertente, era qualcosa di diverso nella mia vita Riuscivo a non parlare di calcio, riuscivo a rilassarmi, stavo bene. Ecco, stavo così bene da non essere attraversato da quelle domande che un uomo si può porre quando ha un rapporto con una donna. Del tipo: ma come sarebbe se...?

Con Anna era come quando giocavo a pallone da ragazzino: mi divertivo e basta. Lei portava il pallone, oppure lo portavo io, non aveva importanza, e via, si giocava.

Non pensavo neanche a quello che avrebbe potuto immaginare chi avesse guardato dall'esterno questa strana relazione virtuale tra un giocatore di calcio professionista di ventisette anni e una docente universitaria di quarantadue, sposata e con due figli.

E poi imparavo pure qualcosa, qualche vocabolo che non conoscevo, qualche scrittore di cui non avevo mai sentito parlare, qualche titolo di un libro che andavo subito a comprare, qualche film che senza il suo suggerimento non avrei mai visto.

Non mi veniva neanche in mente che tutto quel nostro rapporto era esclusivamente tecnologico. Senza le meraviglie della scienza e della tecnica, come cellulari e internet, come avremmo fatto? Ci saremmo scritti delle lettere a mano, con le buste e i francobolli da leccare? Quante ne avevo scritte nella mia vita? E soprattutto, a chi? Solo a mia nonna, cercando di scrivere grande e ordinato. A mia nonna piaceva leggere. E poi diceva che, finché la gente scriveva, mio padre lavorava. Aveva continuato a sostenerlo anche quando mio padre era andato in pensione. Ora che ci penso la chiamai solo una volta, perché non capivo una cosa che mi aveva scritto. Fu contenta di sentirmi.

Anche Anna, alle volte, scriveva delle mail difficili e mi ritrovavo a chiederle spiegazioni come un bambino a scuola. Così feci anche quel giorno, appena le telefonai.

«Scrivi un po' troppo complicato per i miei gusti» le dissi.

Lei rise. Ecco, preferivo telefonarle proprio per questo, perché la posta elettronica non rendeva così bene i suoi scoppi di risa, quel suo modo di buttare la testa indietro quando la colpiva qualcosa che avevo detto.

«Scusa, dimenticavo che sei un calciatore.»

Mi piaceva il suo modo di prendermi in giro, sebbene con gli altri fosse una cosa che non sopportavo.

«Che fai, dove sei?» le chiesi.

«Sono a casa, oggi avevo voglia di stare con i bambini.»

«Come si chiamano? Non me l'hai mai detto.»

«Antonio e Laura.»

Io, ad avere figli, non ci avevo mai pensato. Ero uno dei pochi della squadra nella categoria "scapoli e senza figli".

Chissà com'erano i due figli di Anna. Avevano lo stesso naso, lo stesso colore dei capelli?

«E quanti anni hanno?» continuai l'interrogatorio.

«Dodici e otto.»

«Vanno bene a scuola?»

Lei fece una delle sue risate. Mi immaginai la testa buttata all'indietro, e i capelli biondi tutti scompigliati.

«Certo, i genitori sono due professori. E però, quante domande fai, ma quando i giornalisti ti sottopongono a questi interrogatori tu come te la cavi?»

11

I GIORNALISTI

Per me, anche a quel punto della mia carriera, l'unico giornalista degno di tale nome era Domenico "Nico" Martorelli, di San Benedetto del Tronto.

Era stato il primo giornalista che avevo conosciuto, il primo a scrivere su di me, il primo a farmi un'intervista esclusiva. Il primo e l'unico che mi era rimasto simpatico. L'unico a cui rispondevo sempre al telefono, anche quando diventai un campione affermato. L'unico giornalista che potevo chiamare amico.

Come tutti i suoi colleghi che "esercitavano" (il verbo esercitare abbinato al giornalismo era una sua intuizione) in una città di provincia, era una potenza. In una realtà piccola un giornalista è un'istituzione, è paragonabile al medico condotto che ha fatto nascere mezzo paese, al notaio che conosce gli affari di ogni singolo concittadino, al maresciallo dei carabinieri che si fa gli affari di tutti, al sindaco, al farmacista.

Ecco, magari Ascoli non era un paesello, comunque Nico lo conoscevano tutti. E non solo lì. La sua zona d'influenza andava da San Benedetto ad Ascoli. Lui faceva su e giù, passava da un consiglio comunale a Casette d'Ete a una partita allo stadio, da una sagra paesana sull'Appennino al delitto passionale sulla spiaggia.

Quando Anna mi ha parlato dei giornalisti, ho subito pensato a lui e alla prima volta che l'ho incontrato.

Fu il giorno della mia presentazione ad Ascoli. La società la organizzò nella sala stampa dello stadio Cino e Lillo Del Duca. Io, quel giorno, a differenza di quando arrivai a Milano, non dissi una parola fuori posto. Anzi, di parole ne pronunciai poche e quasi tutte scontate. Un mucchio di banalità per la quindicina di giornalisti presenti, compresi un paio delle tv private. Del resto ero giovane. Non timido, non lo sono mai stato. Però non sapevo bene che dire, cosa pensassero di me. Il direttore sportivo raccontò le solite banalità del caso: che la società puntava su di me, che i giovani erano il futuro. A me sembrava il discorso del presidente della Repubblica a Capodanno, che mio padre non ci faceva mai mancare.

Tra i quindici presenti Nico non c'era.

Quando tutto finì io me ne uscii sul piazzale deserto e assolato. Il direttore sportivo mi aveva detto che prima doveva sistemare una cosa. Poi mi avrebbe accompagnato a vedere l'appartamento che avrei diviso con altri due giovani calciatori. Era metà giugno e la foschia dovuta al caldo faceva tremolare l'asfalto. Lo stadio di Ascoli è in una valletta. Mi trovai un posto all'ombra, sotto le tribune. Da lì osservavo la città resa quasi indistinta dall'afa.

Dell'auto mi accorsi per lo stridio dei freni. Il guidatore prese la curva dello stadio sgommando e si fermò con una frenata a pochi metri da me.

Guardai lo strano personaggio che scese da una vecchissima Panda. Poteva avere una cinquantina d'anni, era alto e magro. Una massa incolta di capelli grigi gli scendeva da sotto un berrettino da baseball dei Mets (ne ha tantissimi, tutti diversi: io gliene ho regalati una decina). Aveva una giacca blu (scoprii in seguito che aveva solo giacche blu). La camicia bianca (aveva solo camicie bianche) gli usciva dai pantaloni verde militare.

Appena fuori dall'auto si mise uno zaino in spalla. Nico Martorelli viveva praticamente in simbiosi con lo zaino. Tolti gli spostamenti in auto, quando lo poggiava sul sedile, o quando stava al ristorante, lo teneva perennemente incollato alla schiena.

Non chiuse l'auto e mi passò davanti di corsa infilandosi nella porta da cui ero uscito qualche istante prima. Dopo neanche un minuto la riattraversò e si guardò intorno, come se cercasse qualcosa.

Sembrò accorgersi solo allora della mia presenza.

«Giovane, di', la conferenza è già finita?»

«Sì.»

«C'eri anche tu?»

«Sì.»

«Giovane, sei stringato, ma apprezzo. Mi dici cos'ha detto il ragazzo che hanno presentato?»

«Sì.»

Lui tirò fuori un taccuino. Io cominciai a parlare. Naturalmente non solo gli dissi le banalità che avevo riservato agli altri, ma aggiunsi qualche particolare. Sui Beatles, che erano i miei cantanti preferiti, sul fatto che mi piacevano i ravioli. Cose così. Lui scriveva tutto, veloce. Quando terminai, Nico rimise il taccuino nello zaino: «Giovane, bravo, ti sei ricordato tutto e senza neanche guardare gli appunti. Per chi lavori?».

Io ridacchiai.

«Per l'Ascoli. Sono de Grandis.»

Nico si mise a ridere. Mi è sempre piaciuto il suo modo di non prendersi sul serio. Aveva un forte accento marchigiano, che lo aiutava nelle battute.

«Giovane, mi hai tirato scemo, però l'intervista è bella, mi sa che diventeremo amici.»

Avevo poco meno di diciotto anni e di amici non ne avevo. Per colpa del mio carattere che, anche quando conobbi Anna, dieci anni dopo questo episodio, mi impediva di legarmi completamente, di scardinare quel mio modo di sentire e di vedere la vita, così privo di passione. Solo il calcio mi divertiva. Però Nico aveva ragione. Siamo diventati amici, almeno per come io sono capace di esserlo.

Non avevo ancora la patente e quando cominciò il campionato, era lui che mi dava un passaggio dopo le partite. Se ero stanco subito a casa, altrimenti a cena da qualche parte.

Nico si occupava anche della mia "vita d'atleta". Mi sottraeva dal piatto le olive ascolane di cui ero ghiotto e se le infilava in bocca: «Tanto io non ingrasso e, soprattutto, non devo arrivare in Nazionale».

Nico viveva da solo a San Benedetto. Era stato sposato. Secondo una leggenda, la moglie era tirolese e la mania dello zaino gli era rimasta dal tempo trascorso sulle Dolomiti a fare su e giù per le ferrate. Una volta gli ho chiesto se era vero.

«Guarda che non devi credere a tutto quello che dicono o scrivono i giornalisti.»

Non scherzava. Nico lavorava per due quotidiani sportivi nazionali su tre, per alcuni locali, per qualche quotidiano politico nazionale, per radio, tv. Un giorno gli chiesi se aveva sempre fatto il giornalista.

«Ma io faccio il giornalista solo per hobby. In realtà ho i bagni.»

«I bagni?»

«Uno stabilimento balneare. Apro da giugno a settembre, ma ci sto poco. Ci stanno i miei fratelli. Io vado ogni tanto. Ti tengo una cabina per la prossima estate.»

Sono rimasto ad Ascoli tre anni e mi è dispiaciuto andarmene solo per Nico. Non che la città non mi piacesse. Ci stavo bene, passeggiavo per la piazza e tutti che mi salutavano, non come calciatore, ma perché mi conoscevano come uno del posto. E poi le ragazze erano carine e simpatiche.

Nico mi piaceva, ma quando ho conosciuto i giornalisti di Milano mi è piaciuto ancora di più. La differenza è che ad Ascoli tifano tutti per l'Ascoli. A Milano, invece, ce ne sono dell'Inter, del Milan, della Juve. E poi ci sono gli stronzi. Come quello che me l'ha giurata perché non lo considero. Lui, come Nico, è una potenza. Segue la mia squadra da un mucchio d'anni. L'inglese dice che aveva i calzoni corti quando ha cominciato. Comunque, lui lavora così: quando tu arrivi si presenta e ti chiede il telefonino. Se gli dai retta, se gli rispondi quando ti chiama, se fai il finto amico allora scrive bene di te.

Da noi c'è un difensore bravissimo, si chiama Ardenti. È di Novara. È stato anche in Nazionale, ma poi ha deciso che non reggeva più. Troppe partite. Per me è uno dei migliori, in Italia. Anche quando faceva delle gran partite, nelle pagelle di quel giornalista non superava mai il 6 e mezzo. Così un giorno gli ho chiesto perché.

«Non gli ho voluto dare il mio numero di cellulare. Non ha gradito.»

12

L'INVITO DI ANNA

Da quella volta del giro in moto, della mostra e del parco non ci eravamo più visti. Con Anna ci scambiavamo mail e sms, raramente ci telefonavamo, anche se io lo preferivo. Perciò mi sorprese quando ricevetti una sua telefonata. Non per il gesto in sé, perché spezzava la consuetudine, ma perché mi accorsi in quel momento che il nostro rapporto era quasi del tutto virtuale. Mi sorpresi a considerarla molto vicina, anche se non ci vedevamo da un po'. Quel nostro rapporto virtuale era molto concreto.

Stavo tornando dal centro sportivo dopo l'allenamento. Era un martedì caldissimo di metà maggio. La domenica successiva era in programma l'ultima giornata di campionato. Poi mi sarebbe toccata una partita di qualificazione della Nazionale. Quindi un mese di vacanza. L'inglese insisteva perché andassi a Formentera con lui, la sua fidanzata soubrette e un gruppo di amici che conoscevo benissimo perché frequentavano i locali di corso Como dove lui era il re. Gli avevo detto di sì, ma stavo pensando seriamente di mollarlo al suo destino.

Mi aveva chiamato Nico Martorelli e mi aveva detto che aveva rimesso a posto i bagni. Tornare a San Benedetto era un'idea, lì sarei stato tranquillo. Io non ero un calciatore che dava molto lavoro ai fotografi, sebbene giocassi in una grande squadra e fossi del giro della Nazionale. Una sera ne avevo conosciuto uno al ristorante. Un paparazzo, intendo. Si era presentato lui. Era simpatico. Di Bergamo. Il suo accento era marcato, inconfondibile.

«Volevo fare l'attore. Cercavano gente per una soap all'italiana e così mi sono presentato al provino, ma quando ho aperto bocca agli esaminatori gli è venuto il singhiozzo dal ridere. Così sono passato dall'altra parte: cameraman. Rendeva, ma non abbastanza. Meglio la fotografia. Con tutti i fessi che ci sono in giro.»

Io uno come lui me lo immaginavo sporco, sudato, con la barba non fatta e addosso una di quelle giacchette senza maniche unte e piene di tasche e il berrettino da baseball con la visiera all'indietro. Il tizio che avevo davanti, invece, era diverso. Rasato, giacca, camicia. Normale, insomma. Lui si accorse dell'analisi cui lo stavo sottoponendo e sorrise. Disse che gli ero simpatico, a differenza di tanti miei colleghi.

«Ti do un consiglio gratis. I tipi che fotografiamo si dividono in due categorie. Quelli che vogliono essere fotografati, la maggioranza. E quelli che non vogliono esserlo, la minoranza. Se tu prendi un rotocalco che campa sul gossip, ti accorgerai che le foto vengono all'ottanta per cento da due città, Milano e Roma, d'inverno e da cinque località di vacanza d'estate. Vuoi stare tranquillo? Se invece di andare a Ibiza o a Porto Cervo te ne stai a Senigallia non ti becca nessuno. Se invece di Cortina vai a San Cassiano campi felice.»

Giusto. Stavo pensando a come mollare l'inglese e la sua banda alle Baleari e scaraventarmi sulla spiaggia di Nico, e intanto guidavo piano sull'autostrada dei laghi, verso Milano. C'erano certi miei colleghi che la percorrevano come fosse un circuito di Formula 1. Qualcuno mi sfrecciava accanto come un razzo. Io invece ero tranquillo, la velocità non mi interessa. L'inglese mi pigliava in giro: «Di', Schumacher, ti sei comprato il Ferrari e vai a centotrenta?».

Non aveva tutti i torti. Pensavo di venderlo, "il Ferrari".

«Ciao» disse Anna dal vivavoce.

Non vedendo il numero, la sua voce che invase di colpo l'interno dell'auto mi sorprese.

«Ciao. Vuoi comprare una Ferrari?»

«Certo, se tu mi fai un prestito.»

«Veramente sono io che devo realizzare. Se ti faccio un prestito dov'è il guadagno?»

«Comincio a pagarti in natura.»

Rimasi un momento in silenzio. Imbarazzo? Che dovevo risponderle? Qual era la battuta giusta?

La risata di Anna mi tranquillizzò: «Oh, ma che hai capito? È che stasera vengono alcuni amici a cena. Mi esibisco ai fornelli. Vuoi venire anche tu?».

È che Anna mi spiazzava sempre. Con le sue battute, con tutto quello che faceva. Ad esempio, non mi aspettavo un invito a cena da una donna come lei. Una che aveva una famiglia, una vita e che con me aveva un rapporto di simpatia, di amicizia, così, senza nessun coinvolgimento. Una persona normale.

Invece il coinvolgimento c'era, ma, almeno io, in quella fase lo stavo ancora controllando. In ogni caso, mi trovai a corto di argomenti. Io frequentavo solo calciatori e ragazze della mia età o più giovani.

«Be', ti ho sconvolto? Devi giocare stasera?»

La solita Anna che non sapeva nulla di calcio.

«No, gioco domenica. Scusa, io che c'entro con i tuoi amici? E poi non conosco tuo marito, i tuoi figli...»

Ero confuso, avevo paura di fare il soprammobile o l'ospite d'onore.

«Guarda che è tutta gente normale.»

«Appunto.»

Un'altra delle risate di Anna riempì l'auto.

«Be', allora vieni per questo. Così ti rendi conto che non sei tanto anormale. E poi io cucino benissimo.»

«A che ora?» mi rassegnai.

«Alle nove, ti ricordi l'indirizzo?»

«Sì. Cosa devo portare?»

«Ma niente. La penna per firmare qualche autografo.»

Anna mi aveva detto che i suoi figli avevano dodici e otto anni. Telefonai al negozio che vendeva le maglie originali della squadra e ne ordinai due con i loro nomi. Poi passai da casa a cambiare auto. Fu allora che mi ricordai di aver dato appuntamento alla professoressa di portoghese.

La trovai davanti al portone che fumava una sigaretta. Non fu molto contenta di essere scaricata, ma non lo diede a vedere. Apparteneva alla categoria delle ragazze che frequentavo io. Niente legami, niente accordi, nessuna promessa.

«Ci sentiamo» mi disse e se ne andò.

Passai a ritirare le maglie e a prendere due bottiglie di champagne da Gattullo. A me Milano piaceva. Soprattutto in certi angoli, in certe stagioni, in certe ore del giorno, come quella sera a porta Lodovica, tra le sette e le otto. A scuola, la mia professoressa di disegno mi aveva definito "un pittore di scorci".

Quella sera, andai a cena da Anna. Lei abitava in via Anfossi, all'angolo con via Friuli. Forse feci un giro troppo lungo, fatto sta che arrivai in ritardo. Quando suonai una voce di bimba mi chiese chi ero, poi il ronzio del cancello che si apriva mi precipitò in un'esperienza completamente nuova.

13

FAMIGLIE

Io ho due sorelle e un fratello. Con una non ho mai avuto problemi. Parlo di problemi per come li intendo io.

La prima, Tina (da Assuntina, ma lei non vuole si sappia che è stata battezzata con questo nome) è più grande di me di due anni. Si è sposata quando mio padre era ancora vivo e all'altare la accompagnò lui. Io ero al terzo anno nell'Ascoli. Ero già la piccola gloria locale, però ero ancora un ragazzo che giocava a calcio in serie B. Quindi, a parte gli amici di un tempo e qualche ragazza, non avevo nessuno addosso. Ero osservato, ero oggetto di occhiate, di commenti, ma niente di più. Erano in pochi quelli che tentavano di fare gli amici del calciatore.

Mio padre morì tra il matrimonio di Tina e quello di Sara. Aveva fatto il postino per trent'anni senza beccarsi un'influenza. Sempre in giro con la sua Vespa in mezzo alle tempeste, su e giù per le stradine della provincia, e mai un'assenza dal lavoro. Poi, da quando era andato in pensione, aveva cominciato ad avere acciacchi di ogni tipo. Prima una slogatura a un polso, poi un'intossicazione alimentare, poi un'ulcera e su, in un crescendo, fino all'infarto che se lo portò via. In Vespa, però, e la cosa, se non altro, gli dev'essere piaciuta.

Un dottore dello staff sanitario della Nazionale a cui ho raccontato questa storia sostiene che succede così a tante persone. Non è la vecchiaia, è qualcosa d'altro. Il senso d'inutilità, l'idea di non essere più capaci di far nulla, la solitudine.

Il suo funerale non me lo ricordo bene. Era una giornata grigia e fredda, ma andò tutto benissimo, se si può usare questa espressione per il funerale di un padre. Nel senso che, dolore a parte, non c'era apprensione o fastidio da parte mia. Ero già arrivato a Milano, ero famoso, ma, considerato quello che era successo, tutti erano stati al loro posto. La morte fa da cordone sanitario.

Come ho raccontato parlando di mia nonna, tornare al paese mi metteva addosso inquietudine. Proprio per questo. Per i vecchi compagni di scuola, i conoscenti, ma anche le persone che non conoscevo, per tutti quelli che volevano essere "gli amici del campione".

Per questo, quando mia sorella più piccola, Sara, mi chiamò per annunciarmi il suo matrimonio, cominciai a temere qualcosa. Sentii una specie di formicolio, di timore improvviso come quello che ancora mi prende ogni volta che uno dei molti aerei su cui sono costretto a salire stacca il carrello da terra.

Tina ha preso da mio padre e non è bellissima. È secca, troppo magra. Neanche i tre figli l'hanno cambiata. Sara, invece, è molto bella. La classifica è: Sara, Angelo, mio fratello, io, Tina. A me aiuta molto il fisico d'atleta, ma quando mi guardo allo specchio non mi piaccio. Non mi sono mai piaciuto, in generale.

Sara ha quattro anni meno di me. Non ho mai capito se i nostri genitori facessero di conto, ma noi siamo tutti distaccati di due anni. In mezzo c'è Angelo.

Sara mi chiamò due anni fa. Quando io ne avevo venticinque e lei ventuno. Sara è piccolina e perfetta. Una miniatura, secondo mia nonna. Io non l'ho mai guardata così, perché è mia sorella. Ma ho visto gli sguardi di amici e parenti, fin da quando era ragazzina. Inequivocabili.

Lei però è sempre stata dura come il marmo. Su Tina non ci scommetterei, ma lei, garantito, è arrivata vergine al matrimonio. Di tutti noi è sempre stata la più decisa. Quel-

65

la che alcuni dei princìpi imparati al catechismo non li ha mai giudicati superati o, come ho fatto io, li ha semplicemente archiviati senza giudicarli, come se riguardassero un certo periodo della vita e basta.

Sara aveva avuto dei ragazzi. Quando tornavo a casa da Ascoli spesso li trovavo che la aspettavano nella stradina davanti a casa, in silenzio, timorosi non tanto di mio padre o di noi fratelli, piuttosto di lei.

«Guarda che non ti mangia» dicevo ogni volta al malcapitato di turno e poi gli sussurravo, «divora apposta carne umana prima di uscire.»

Quando mi ha chiamato pensavo volesse solo fare un po' di conversazione. Era l'unica dei miei fratelli con cui avevo dei rapporti che oltrepassavano il "Ciao come stai?" "Tutto bene e tu?" "Non c'è male, grazie". Sara era anche l'unica della famiglia ad aver preso sul serio l'università. Studiava legge e io speravo che, prima della conclusione della mia carriera di calciatore, sarei andato con lei a trattare gli ultimi contratti.

«Marco, io mi sposo.»

Quella frase produsse un prolungato (e forse ostile) silenzio da parte mia. Non perché si sposava, non perché, in qualità di capofamiglia, avrei dovuto provvedere alla "dote", ma perché temevo coinvolgimenti personali. Per fortuna, trattandosi di mia sorella ed essendo una conversazione telefonica, evitai di tirare fuori il libretto degli assegni, come capitò con il direttore sportivo che mi voleva mandare in via del Turchino.

«Be', che fai, taci? Sei contrario?» mi canzonò lei.

Capii che anche a lei, come a me, non interessava nulla del matrimonio inteso come cerimonia. Ne avrebbe fatto volentieri a meno. Ma non si poteva. Non per il posto dove eravamo nati, per la nonna, per i parenti.

Emersi dal silenzio.

«E chi è il fortunato, lo conosco?»

«No, è un compagno di università, di Roma, si chiama Aldo.»

«Scusa, non fraintendermi, non recito il ruolo del capofamiglia, ma perché ti sposi così giovane? Te la puoi spassare ancora un po', senza legami.»

«Marco, io ho intenzione di spassarmela, come dici tu, ma mi sono innamorata. Aldo si sta laureando e inizierà a lavorare nello studio di suo padre. Abiteremo a Roma, la casa la mettono i suoi.»

«Tu sai...»

«Sì, lo so, ma per me va bene così. Al mio fratellone ricco e famoso toccheranno i compiti del capofamiglia. Uno che non gli costerà nulla, cioè le spese per il pranzo di nozze, gli addobbi, i fiori. E uno che invece gli costerà moltissimo: tornare qui e portarmi all'altare.»

Sara, Sara. Troppo intelligente, troppo sveglia. Sarebbe diventata un avvocato importante anche con uno stuolo di figli cui badare. Perciò andai incontro al mio destino e le domandai quando pensava di sposarsi. Eravamo a novembre.

Sentii il suo riso leggero. Mi aveva catturato.

«Il 20 di giugno. È un sabato. Il campionato finisce il 22 maggio. Non ci sono Europei né Mondiali, ammesso che ti chiamino» rise e io feci i debiti scongiuri, «e nel caso di partite della Nazionale certamente finiranno prima. Quindi non credo che tu possa esimerti.»

Due a zero per Sara.

Sapevo che nulla mi avrebbe salvato. Ma non ero pronto alla gelosia di mia sorella Tina.

«Tu mi hai costretto a sposarmi di lunedì. Sara invece avrà la sua bella cerimonia di sabato, come Dio comanda. È sempre stata la tua cocca.»

In queste faccende familiari ero senza difese. Non ero neanche capace di rinfacciare a mia sorella che la casa dove stava gliel'avevo comprata io, neanche sei mesi prima di quella telefonata furente. Non era come il palazzo della nonna, ma era grande e in una bella posizione. Invece abbozzai una difesa razionale. E quindi perdente in partenza.

«Tina, ti sei sposata ad aprile. Eravamo in pieno campionato. Potevo venire solo il lunedì.»

Non aggiunsi che avevo sperato decidesse comunque per il sabato, così da evitare la cerimonia.

«Babbo e nonna me l'hanno imposto. Dissero che non potevo sposarmi senza di te.»

«E allora che vuoi da me?»

«Perché ora puoi?»

«Tina, daccapo? È il 20 giugno, non c'è campionato, sono in ferie. Tutto qua.»

Non ci fu verso di calmarla. Fu come scontare una lunga squalifica. Al matrimonio, non mi rivolse la parola. Anzi, quando percorsi la navata con Sara, splendida, al mio fianco, lei si alzò e uscì dalla chiesa.

Matrimoni, legami stabili, innamoramenti. Tutte complicazioni. Evitare accuratamente.

Quella sera raccontai ad Anna, a suo marito e ai suoi ospiti le mie storie familiari. Ebbi un successo clamoroso.

Oltre le aspettative. Visto quello che successe. O che forse era già successo.

14

A TAVOLA

Anna abitava al quarto piano. A ricevermi, sul pianerottolo, trovai i suoi due figli. Veramente non c'erano solo loro, ma anche due monopattini, una bicicletta da bambini, e un plotone di giubbe rosse arroccate in un fortino. Pensai che Anna e la sua famiglia avevano dei vicini tolleranti. Una volta, il ragazzo dell'acqua minerale aveva abbandonato le confezioni sul pianerottolo, per via di un disguido con il portiere, e mi ero trovato una pergamena del mio vicino, un notaio scapolo e stronzo, che sosteneva di aver fatto una brutta figura con una delle squinzie che si portava a casa. Lui non le aveva definite così, aveva parlato generalmente di ospiti, ma io, che avevo il sonno leggero, sapevo che tipo di "ospiti" riceveva. E lui, probabilmente, conosceva i miei.

Uscii dall'ascensore con le mie due bottiglie di champagne Philipponnat e il sacchetto con le due maglie. I bambini mi guardarono curiosi. Antonio, il più grande, con gli occhi spalancati e una visibile emozione. Stava per incontrare uno dei suoi eroi.

Conoscevo quell'espressione. La vedevo in continuazione. Non da parte di tutti quelli che incontravo, certo, ma s'insinuava stabilmente negli occhi di coloro che s'appassionavano al calcio e in questo paese sono la maggioranza. Non mi faceva più effetto. Ormai c'ero abituato. A me la popolarità non trasmetteva eccitazione, così come i soldi o le donne.

Antonio era alto per la sua età, calcolai che avrebbe raggiunto e superato Anna molto presto. Laura era piccolina, un batuffolo di bambina con una massa di riccioli neri che le scendevano selvaggi davanti e dietro e che si scostava in continuazione dal viso. Laura aveva una maglietta e un paio di pantaloncini corti, Antonio una tuta della mia squadra.

Fu la piccolina a parlare: «Ciao».

«Ciao, io sono Marco.»

«Lo sappiamo chi sei» disse sempre Laura.

«Io invece so per quale squadra tenete» ed estrassi dalla borsa di plastica le due magliette con i loro nomi. Laura afferrò la sua, la guardò, la rigirò e poi corse in casa urlando: «Mamma, mamma».

Antonio rimase lì a fissarla, senza dire una parola. Stava davanti alla porta. Immobile.

«Grazie» balbettò, e finalmente la prese.

«Chi è arrivato, Babbo Natale?»

Anna comparve sulla porta sorridendo. Aveva un vestito che mi sembrava di aver già visto. La guardai un attimo di troppo, per cercare di ricordare quando l'aveva messo e lei se ne accorse. E si mise a ridere.

«È il gemello di quello rosso, mi piaceva il modello ma non sapevo decidere il colore e li ho presi entrambi. Ma vieni, entra. Antonio, ti sposti per favore?»

Così, entrai in casa di Anna. Mi ritrovai in un ambiente ampio che faceva da ingresso, sala da pranzo, salone e perfino studio, dal momento che c'era un angolo con un tavolo e due pc portatili. Era una stanza a elle: il lato lungo aveva una bellissima vista sul parco davanti a casa.

La mia entrata zittì la decina di persone che occupavano divani e seggiole. Misi a fuoco uomini e donne, più o meno dell'età di Anna. Mi scrutavano non come i bambini, ma quasi. Anche se, come scoprii in seguito, solo un paio erano appassionati di calcio, sicuramente il mio nome lo conoscevano tutti. E il mio arrivo suscitò molta curiosità.

«Ciao a tutti.»

Feci un saluto cumulativo. Anna mi disse i nomi di tutti, svolazzando da uno all'altro. Qualcuno me lo ricordai, qualcuno no.

«E questo è Davide.»

Mi ritrovai così a stringere la mano del marito di Anna. Non mi ero fatto un'idea di lui. Veramente non mi ero fatto nessuna idea su quello che Anna aveva intorno. Tra di noi c'era questo rapporto costruito sulle parole, sulle battute, su un terreno comune di simpatia reciproca. Le nostre vite, il nostro "privato", l'avevamo appena accennato. Fino a quel momento ci eravamo raccontati poco di tutto e in particolare delle nostre famiglie. Sapevo che Davide insegnava greco e latino in un liceo classico. E basta. Così stetti lì a studiarlo. Era un uomo massiccio, ma non grasso. Indossava jeans, una camicia azzurra e una cravatta a fantasia cachemire, ma l'aveva allentata. Un particolare, su tutti, mi colpì. Portava occhiali dalla montatura d'oro. Non ne vedevo in giro molti di quel tipo. Glielo volevo dire, ma non mi sembrò il caso.

«Io sono Marco.»

Lui sorrise.

«Davide. Piacere di conoscerti. Vieni, vuoi qualcosa da bere? Vino, birra? Non so cosa bevete voi calciatori quando siete fuori servizio.»

«Una birra va bene. Ormai siamo agli sgoccioli della stagione. Si va verso le vacanze.»

Intervennero subito due loro amici, quelli che amavano il calcio. Si presentarono e cominciarono a pormi domande sul campionato, sulla squadra, mi chiesero un autografo. Dalla cucina arrivò la voce di Anna.

«Lasciatelo in pace. Niente calcio, questa è una zona franca.»

Avevo ancora in mano il sacchetto con le bottiglie di champagne. Chiesi a Davide di metterle in fresco e lui, che stava servendo da bere a un paio di ragazze, accennò a lasciar stare per prenderle.

«No, continua, ci penso io, se mi indichi dove metterle.»

«Il frigo è in cucina» e indicò la porta da cui era arrivato l'ordine di Anna.

Lei era lì, davanti ai fornelli. Si era messa un grembiule con una ricetta scritta in francese. L'avevo capito perché in fondo c'era un bel *merci*. Anna passava, spostandosi leggera, da una pentola all'altra. Sul tavolo della cucina c'erano diversi piatti di portata con quelli che pensavo essere antipasti.

Senza smettere di assaggiare qualcosa, mi indicò il frigo. Sistemai le bottiglie e mi sedetti su una seggiola.

«Non mi aspettavo il tuo invito.»

«E perché no?»

«Non so. Penso di non essere molto interessante per la gente che conosci.»

Lei si voltò e mi minacciò con un mestolo.

«Non invito le persone perché sono interessanti, ma perché mi piacciono.»

Rimasi colpito da quello che mi aveva appena detto. Non avevo mai frequentato nessuno al di fuori del mio ambiente. Per le ragazze non avrei usato il verbo frequentare. Mi sembrava tutto così strano. Volevo parlarne ancora con Anna, ma lei spense l'ultimo fornello e urlò verso la sala: «A tavola!».

Poi rivolta a me: «Mi aiuti a portare le teglie?».

Posso dire? Fu una serata effettivamente molto diversa rispetto alle mie solite, ma non mi trovai male. Gli amici di Anna e di suo marito erano giornalisti free-lance (ma non sportivi), architetti, professori, traduttori dal russo (una ragazza molto carina che fissai per qualche attimo di troppo e lei se ne accorse, ma non fece nulla se non arrossire).

Anna aveva predisposto un buffet sul tavolo e ci si disperdeva con i piatti in mano. Menù: paté di tonno, di prosciutto, di peperoni, insalata di riso, lasagnette alle verdure, totani in zimino, polpo con patate. Da lontano, a un certo punto, le feci cenno con il pollice alzato che era tutto buonissimo. Mi sorrise e accennò un leggero inchino.

Faceva caldo. Andai un po' sul terrazzo con la traduttrice dal russo e con il marito di Anna. Mi chiesi se sapeva del nostro giro di mail e sms. Innocui, ma forse io, al suo posto, sarei stato quanto meno irritato. Scoprii, durante la conversazione, che ne era a conoscenza, ma la cosa non lo disturbava per niente.

Davide mi faceva una strana impressione. Non era come m'immaginavo un professore di greco e latino. Non era "pesante" e non era neanche uno che se la tirava. Però sapeva tutto e parlava di tutto. Ne avevo conosciuti tanti così, che ti "spiegavano" la vita, il mondo, che passavano dal cibo alla musica, dal calcio al cinema. Davide faceva lo stesso, ma non spiegava.

Quella sera, sul terrazzo, parlò del presidente del Venezuela Chavez e del petrolio. Capii che non era uno che manifestava con facilità i propri sentimenti, anzi, in questo era il contrario di Anna. Con gli estranei, ma anche con gli amici, quali pensavo fossero quelli presenti alla cena, non accennava mai a sé, non dava mai notizie sulle cose che faceva.

Io mangiavo il mio secondo piatto di insalata di riso (mi piaceva tantissimo, fin da ragazzino) e guardavo giù, verso il parco, ascoltando Davide. Poi, all'improvviso, mi ritrovai Anna accanto.

«Abbiamo preso questa casa per il terrazzo» disse, appoggiandosi alla ringhiera. «Mi mette solo un po' paura l'altezza.»

Guardai di sotto.

«Non è così alto.»

«Preferisco guardare lontano, in tutti i sensi.»

Da quando conoscevo Anna esploravo scorci di Milano a me sconosciuti.

«Che cos'è quella villa là, in mezzo ai giardini?» le chiesi.

«Si chiama palazzina Liberty. Questo qui davanti era il vecchio Verziere. Una volta c'era il mercato ortofrutticolo, quello che adesso è in via Lombroso.»

Si voltò verso di me e vide il mio disorientamento. Parlava di luoghi e di cose a me sconosciuti. Rise.

«Un giorno ti ci porto a fare un giro.»

«In moto?»

Me ne andai con una coppia, verso mezzanotte. Prima di uscire, Anna mi portò a vedere le camerette dove dormivano i bambini. Si erano messi entrambi la maglia che gli avevo regalato. Sorrisi e lei disse una frase che mi colpì molto: «Io, prima di tutto, sono una mamma».

Guidando verso casa ripensai alla serata. Ero stato bene. Dal suono del cellulare che avevo appoggiato sul sedile del passeggero, mi accorsi che avevo ricevuto un sms. Era di Anna.

Grazie di essere venuto, delle maglie, di te.

Quel "di te" fu come un segnale di pericolo. Improvvisamente, realizzai che qualcosa si stava muovendo nella mia vita. Non riuscivo a intuire che cosa fosse, ma mi spaventavano i cambiamenti, anche minimi. E li sapevo riconoscere.

Era solo un'intuizione vaga. Ma non era sbagliata.

Per niente.

15

AVREI VOLUTO VEDERE VOI

Quella sera giocai male. Un giornale mi affibbiò perfino 4 in pagella. Forse un po' troppo severo. Io mi sarei dato 5, comunque, non di più. Per mia fortuna, l'avversario era l'Estonia e vincemmo facile: 0-3 per l'Italia. Così evitai il processo a mezzo stampa. La mia cattiva prestazione si perse nella celebrazione del successo, venne giudicata come un anticipo di vacanza. Quello che mi aveva dato 4 disse che ero già partito per qualche isola. E mi ricordò che dovevo trovare il modo di comunicare all'inglese che non sarei andato con lui e il suo gruppo a Formentera. Ma non sapevo come fare. L'inglese era uno che avrebbe recitato la parte dell'amante tradita per mesi.

Tornando dalla partita e leggendo le cronache (i giocatori di calcio si dividono in quelli che leggono, una minoranza, e quelli che qualcuno legge per loro, la maggioranza) mi confortò constatare che i giornalisti, come al solito, non capivano niente. Non ero in ferie, ero scosso, ero angustiato, ero fuori fase per quello che mi era successo quel pomeriggio.

Avrei voluto vedere voi, volevo urlare alla compagnia di giro che seguiva la Nazionale.

Tutta colpa di quel giovane centrocampista della Roma, alla sua prima convocazione in Nazionale. Vent'anni, piedi buoni, uno tosto. Di interdizione, ma con idee. Insomma, menava con la testa, prima di usare i tacchetti. Era un biondino robusto e veloce.

Il mio tradizionale compagno di camera era infortunato, così il commissario tecnico mi mise con lui. Il c.t. era un marchigiano che amava due cose nella vita, il mare e le donne. La prima passione era nota, la seconda no e non ci teneva che diventasse di pubblico dominio. Però nell'ambiente tutti sapevano. Era un bell'uomo, anche se aveva superato i sessanta, alle donne piaceva e a lui piacevano le donne. Sul lavoro era duro, ma io gli stavo simpatico.

«Tu ti fai gli affari tuoi e a me va bene così. Fai gruppo con giudizio e non stai lì a complottare come qualche tuo compagno. E poi sei bravo. Continua così e dalla mia Nazionale non ti toglie nessuno» fu il discorsetto che mi fece quando prese il posto del precedente allenatore.

Il giorno del raduno per la partita con l'Estonia mi prese da parte e mi comunicò che mi avrebbe messo in camera con il ragazzo di Roma: «È uno tranquillo, vedrai. Gli spieghi come comportarsi in Nazionale, insomma, le cose che deve sapere».

Non ce n'era bisogno. Il ragazzo, che si chiamava Filippo Enotri, era educato e riservato. Però, se ci fosse stata la bestia con cui normalmente dividevo la stanza, non avrei avuto i voti peggiori da quando giocavo in Nazionale.

Il fatto era che, fin dal primo giorno, Enotri estrasse da una borsa un portatile e una serie di altri aggeggi ipertecnologici. Quando, alla sera, io guardavo la tv o leggevo qualche pagina di un libro, lui si collegava, si infilava le cuffie e io mi addormentavo che era ancora lì al buio con lo schermo illuminato. Un altro dei "vecchi", al mio posto, gliel'avrebbe menata, io invece lo osservavo incuriosito.

Però, dal momento che in Estonia la tv aveva solo canali locali, svedesi o tedeschi, più la solita Cnn, la sera della vigilia della partita non resistetti.

«Di', ma ti colleghi anche da qui? Non ho visto la presa per la rete.»

«Ho la scheda umts.»

Era un vecchio albergo, ristrutturato prima che quasi tutti si dotassero del cavo per internet veloce. Di veramente bello aveva solo la vista. Io non credevo che Tallinn fosse così bella. C'erano campanili e chiese in stile russo. Avevo sfogliato un dépliant turistico che avevano messo in camera e mi era venuta voglia di venire lì, in vacanza. Sai la faccia dell'inglese se avessi mollato Formentera per un giro in Estonia? Il dépliant sosteneva che era molto verde e piena di laghi. C'era la foto di una barca, persa in mezzo a una specie di palude.

Stavo per parlarne con Enotri e chiedergli se ci sarebbe venuto in vacanza in Estonia e invece gli chiesi se mi faceva guardare la posta.

Non so ancora perché glielo chiesi, non ero così maniaco.

«Mi faresti vedere la posta?»

«Come no, accomodati.»

Non mi aspettavo di trovare una mail di Anna. Le avevo detto che quando mi convocavano per le partite della Nazionale non controllavo le e-mail. E quindi, non mi aspettavo che mi scrivesse. Al termine del nostro ultimo scambio virtuale mi era sembrata arrabbiata. E io, invece, ero sconcertato.

Quella volta, Anna mi pareva diversa. La conoscevo da meno di due mesi, ma ormai sapevo quando cominciava a scherzare, a fare battute. Le piaceva, si divertiva a provocare, ma si era sempre tenuta in equilibrio sul gioco. In quell'ultimo scambio, invece, avevo avvertito qualcosa di più, ma non ci volevo credere o non sapevo leggere ciò che lei mi segnalava.

ANNA Dove sei?

IO A casa.

ANNA Cosa fai?

IO Niente, guardavo un po' di tv.

ANNA Quando mi inviti a casa tua?

IO Ah, questa è un'idea, magari a luglio, sei ancora qui?

ANNA Devo aspettare fino a luglio?

IO Adesso è dura, domani è la vigilia dell'ultima partita di campionato, poi vado in Nazionale, poi in vacanza.

ANNA Vai in vacanza a giugno? Cos'è, una scelta in contro-
tendenza?

IO Ci sei? Io faccio il calciatore, il mese delle ferie è giugno,
al massimo fino a metà luglio.

ANNA Quindi, io devo aspettare fino a luglio?

IO Per cosa?

ANNA Per venire a casa tua, sei proprio tonto...

IO E quando sei qua? Che cosa facciamo, non so neanche
che cosa c'è nel frigo. Io non sono un cuoco bravo come te.

ANNA Qualcosa da fare lo troviamo.

IO Un pigiama party?

ANNA Sì, bella idea.

La conversazione stava prendendo una piega che non
riuscivo a controllare. Anna stava scherzando, però io
cambiai discorso.

IO E tu, dove vai in vacanza?

ANNA Forse in Francia, in camper.

IO Avete un camper?

ANNA Lo affittiamo. Ma tu potresti regalarmelo.

Avevo la sensazione che volesse qualcosa – certamente
non un camper – e che fosse irritata perché io non capivo
di cosa si trattasse. Mi sembrava uno scambio di mail un
po' surreale.

ANNA Vediamoci adesso, stasera. Esco e vengo da te.

IO Non posso, tra dieci minuti viene la mia insegnante di
spagnolo a farmi lezione. Poi, siccome per quest'anno il
corso è finito, l'ho invitata a cena.

ANNA Invita anche me.

IO Ma non ce l'hai una famiglia?

ANNA Fatti i cazzi tuoi.

Una chat non rende a sufficienza l'effetto delle parole,
le smorza. Non ha intonazione, non ha sfumature. "Fatti i
cazzi tuoi" non aveva bisogno di particolari interpretazio-
ni, ma io non mi arrabbiai, era tipico di Anna. Capivo

78

però che c'era qualcosa di stonato anche in quell'insulto, come se volesse dire dell'altro. Volevo riportare quel dialogo su toni più neutri, ma lei lo troncò.

ANNA Scusa. Ho capito l'antifona. Aspetterò.
IO *As you like.*

Finimmo con qualche tranquilla banalità e mi sentii sollevato.

Non ebbi più notizie di Anna e non mi avvicinai più a un computer fino a quando il ragazzo di Roma non si mise a pestare sul suo pc, proprio davanti a me.

Avrei fatto meglio a continuare la mia astinenza elettronica.

16
UN MESSAGGIO RICEVUTO (1)

«Dì, Mimì, ma a te una donna te l'ha mai fatta una dichiarazione d'amore?»

«Mmmmmmmm...» quando borbottava così stava per mandarmi a quel paese.

Con Mimì il rapporto non si era mai interrotto, nemmeno quando lo avevo lasciato per il procuratore squalo che riempiva di soldi i miei (e i suoi) conti. Mimì sosteneva che i suoi assistiti erano di due tipi.

«Dunque, vediamo. C'è la categoria degli ingrati semplici, cioè quelli che mi mollano e non li vedo più. E poi c'è la categoria degli ingrati complessi. Cioè quelli che mi mollano eppure continuano a scassarmi la minchia. Per fortuna a questa seconda categoria appartieni solo tu.»

L'avevo acchiappato mentre stava andando in un centro benessere in provincia di Terni. Era un suo classico. Si chiudeva lì una volta all'anno, per una settimana, tra maggio e giugno, prima di cominciare il mese più denso per il calciomercato. Tornava da diete, passeggiate e massaggi esattamente come prima. Una volta avevo cercato di pesarlo, prima e dopo. Alla richiesta mi aveva tirato un orrendo soprammobile di cristallo che teneva sulla scrivania. Mi mancò e il soprammobile si polverizzò contro il muro.

Alla fine del mese me lo trovai in conto, nella sua percentuale.

Cercai di farmi scontare la spesa.

«Dovresti ringraziarmi che te l'ho fatto distruggere. Era orrendo.»

«Ragazzo, quello era l'unico premio che ho rimediato nella mia vita. "L'aratore d'oro" di Isernia.»

«Facevi l'agricoltore?»

«No, aro la terra infeconda del calcio per trovare talenti infami come te.»

Mi trattava così, ma mi voleva bene. E io a lui. Il fatto è che quando pensavo ai miei amici mi venivano in mente solo due nomi. Mimì Cascella e Nico Martorelli, due brave persone, certo, ma tutti e due potevano serenamente farmi da padre. Forse avrei dovuto rifletterci, su questo aspetto della mia vita. La verità era che non potevo chiamare amico nessuno della mia età. Non i miei compagni di squadra e neanche uno degli appartenenti al sottobosco che gravita attorno ai calciatori famosi.

Non avevo un vero amico. Non ce l'avevo mai avuto. Anzi, no, uno ce l'avevo avuto. Si chiamava Antonio Faccini. Era in classe con me, alle medie. Aveva i capelli rossi, era bravo a scuola e tutti lo prendevano in giro. All'inizio l'avevo fatto anch'io. Finché un giorno non lo trovai che discuteva con un altro compagno davanti alla scuola. Io stavo per passare oltre e il compagno che era con Faccini mi fermò.

«Tu, de Grandis, senti cosa dice il Roscio. Dice che siamo semplici conoscenti.»

«Cioè?»

Il ragazzo che mi aveva chiamato era uno grande e grosso, con due orecchie a sventola. Non era cattivo. Semmai molesto.

«Cioè, io gli ho chiesto mezza barretta di cioccolata e lui mi ha chiesto perché. Io gli ho risposto: perché siamo amici. E sai lui cosa mi ha detto?»

«No, che ti ha detto?»

«Che siamo semplici conoscenti. E de Grandis che cos'è, allora?»

Il Roscio mi fissò e fece spallucce: «Semplice conoscente anche lui».

«Cosa vuol dire?»

«Vuol dire che noi ci vediamo a scuola e basta. Non possiamo dire di essere amici. Gli amici si vedono anche dopo, studiano insieme, giocano, chiacchierano.»

Il ragazzo con le orecchie a sventola a questo punto lo mandò a quel paese e se ne andò.

Fu così che diventammo amici. Facemmo un pezzo di strada assieme e parlammo di calcio. Quel pomeriggio cominciammo a frequentarci. Mi piaceva il Roscio, perché diceva le cose come stavano. Passammo l'estate insieme. Tiravamo alle lucertole le palline di stucco con la cerbottana, le tiravamo pure nei capelli delle ragazze. Ma meno forte. Una volta ho letto da qualche parte che sarebbe una specie di rituale amoroso. Sarà, ma più che insulti non rimediavamo. Facevamo il bagno al fiume e giocavamo a pallone. A volte uno contro uno. Per ore. Se ne andò via a metà della terza media perché suo padre, un impiegato dei telefoni, venne trasferito e non so che fine abbia fatto. Ecco, il Roscio avrebbe trovato la definizione giusta per me e Anna.

Mi venne voglia di cercarlo. Scartai l'idea e chiamai l'unico che mi avrebbe risposto. Mimì, però, come sempre quando lo angustiavo con problemi personali, beghe familiari, malinconie assortite, non mi dava retta. Da quando ero diventato un campione aveva considerato terminata la sua missione pedagogica. Ormai per lui l'obiettivo era raggiunto. "Sono fregnacce, guagliò, goditi la vita" era la sua sentenza ogni volta che gli sottoponevo qualche problema esistenziale.

Anche quel giorno era distratto. Sentivo della musica in sottofondo, ma non capivo di cosa si trattasse.

«Che ascolti?»

«I Led Zeppelin.»

«Non ci credo.»

Mimì mi sbatté giù il telefono. Io rimasi lì a pensare alla mail di Anna.

Davo la colpa al romano e alla sua mania per i computer, ma prima o poi l'avrei letta comunque.

Invece capitò a Tallinn, in Estonia. Il pomeriggio prima della partita, invece di starmene quieto in attesa di andare allo stadio, guardai la posta. Non c'era nulla di particolare. Cancellai un paio di spam, risposi distrattamente ad alcune mail del mio procuratore. Stavo per spegnere, ma in quel momento lampeggiò una busta a tutto schermo con la scritta "un messaggio ricevuto".

Cliccai sul messaggio. Era di Anna. L'aveva chiamato "Forse".

sono in vena grafomane e sono cazzi: questa mail l'ho scritta e buttata altre volte perché mi pesa molto.

sensazioni stranissime ma molto naturali (... non mi è venuto niente di meglio) mi prendono ogni volta che mi vieni in mente e questo mi imbarazza, non per la stranezza, ma per il fatto stesso che ci siano delle emozioni in ballo.

non l'avevo previsto e pensavo di restare al livello di ironiche mail e un caffè ogni tanto: invece non è così, se mi trovo a pensare a te in termini tutt'altro che ironici e distaccati.

credo di essermi annodata nel filo tra realtà e fantasie che ho contribuito a srotolare con il risultato che il solo piccolo spazio nel quale mi è permesso muovermi, fatto di allusioni e metafore, adesso mi sta stretto: e sei libero di leggerci quello che vuoi, tra le righe, perché molto probabilmente c'è.

imbarazzo, ecco in cosa si sta traducendo quello che continuo a nascondere tra queste troppe e faticose parole: imbarazzo per averti fatto entrare nelle mie fantasie senza chiederti il permesso, imbarazzo per non aver saputo mantenere lucidità e distanza (e delle convenzioni non parlo nemmeno).

non ho una conclusione per questo auto da fé, mi sembrava solo giusto dirtelo.

(e non sei nemmeno obbligato a rispondermi, è un mio problema e me lo risolvo, mi dispiacerebbe solo se ne ridessi o lo prendessi poco sul serio.)

a.

Il romano, quando si era svegliato, mi aveva trovato che fissavo il computer con lo schermo in stand-by. Si preoccupò.

«Stai bene?»

Lo sguardo che gli lanciai lo inquietò ancora di più.

«Chiamo qualcuno, il dottore?»

«Sto bene, stavo solo pensando a una cosa. Grazie, per avermi fatto usare il pc.»

La notte successiva, sull'aereo che ci riportava in Italia, mi accorsi che mi guardava. Mi sembrava incerto se parlarmi oppure no. Avevo giocato da schifo e lui temeva che mi fosse successo qualcosa. È uno sensibile, l'ho imparato col tempo, e anche se ha spaccato il naso di uno con una gomitata, a me piace.

Io invece pensavo al Roscio e alle sue definizioni di rapporti umani.

Ne avrebbe trovata una giusta anche per me e Anna.

Più che amici? Conoscenti ma non troppo? Amanti in lavorazione?

17

LE DONNE DELLA MIA VITA

Cara Anna,
la tua mail mi ha profondamente toccato perché anche tu
sei importante per me. Ti rispondo a tarda notte, anzi quasi giorno, qui da casa. Sono appena arrivato da Tallinn e
sono molto stanco. Scusa, ma oggi (anzi ieri) non ho avuto
tempo di farlo. Quando ho letto la tua mail stavo per prepararmi ad andare allo stadio. A proposito, hai visto la partita? Ho giocato da schifo. Ma anche questa non è una risposta. Da oggi cominciano le mie ferie. Voglio vederti, non
se ne può parlare in questo modo.

M.

Poi andai a letto perché ero distrutto. La signora che veniva a mettere in ordine la casa, quando facevo questi
rientri in piena notte, si presentava di pomeriggio con
l'ordine di tirarmi giù dal letto. Così fece, entrando in camera con caffettiera e tazzina.

«Giocato maluccio, ieri sera» buttò lì, versandomi il
caffè.

Era una tifosa dell'altra squadra di Milano, aveva sessant'anni ed era una delle rare donne milanesi che ancora
andavano a "fare i mestieri nelle case", come diceva lei.
Era una cugina del portiere, che l'aveva sponsorizzata.
Uno degli investimenti migliori della mia vita.

La signora Bianca Cattaneo assomigliava a mia nonna.

Arrivava, puliva, brontolava, non aveva soggezione. Mi trattava come mi meritavo, talvolta mi sgridava. E poi capiva di calcio.

«Male proprio» ammisi, accendendo il pc. Anna mi dava un appuntamento per la sera.

Vediamoci alla Triennale, alle 19.

Io non lasciavo mai le donne. E loro non lasciavano me. A parte qualche eccezione. Le mie storie, semplicemente, si esaurivano. Forse si tratta di una forma di egoismo: se non arrivi allo scontro campi più tranquillo, nessuno ti viene a chiedere spiegazioni, ti costringe a discussioni, ti scoccia.

Non era il caso di Anna, però. E mentre pensavo a cosa dirle quella sera mi pentii di averle fatto capire che mi stava a cuore. Di più: gliel'avevo anche scritto. Sì, era vero, era simpatica e mi piaceva. Forse avrei potuto arrivare a sostenere che era un'amica. Allora come si può riuscire a far del male a un'amica?

Era più facile lasciare che fossero gli altri a farti del male se, in fondo, non te ne fregava poi tanto di loro. Io avevo passato la mia vita così, preferendo che ogni rapporto si esaurisse naturalmente o che le scelte le facessero altri.

La mia prima ragazza si chiamava Adele, era alta e magra. Più secca che magra. Io avevo tredici anni e lei dodici. Venne una sua compagna di classe, durante la ricreazione, a dirmi che piacevo ad Adele e voleva uscire con me. Ci trovammo di sabato davanti alla chiesa. Io avevo lasciato i compagni con cui il pomeriggio giocavo nel campetto spelacchiato sotto il ponte, dove avrebbe dovuto esserci un torrente, ma non c'era mai. L'unica volta che c'era stato, e più che un torrente era un fiume, a metà degli anni Sessanta, s'era portato via il ponte e mezzo paese.

Noi giocavamo lì. Il terreno era un po' in discesa, ma facevamo un tempo per squadra, così eravamo pari. A me, però, piaceva giocare in salita. Controllavo meglio il pallone, in discesa mi scappava. Ma quando lo dicevo ai miei compagni mi insultavano. Normalmente si continuava fino a esaurimento delle forze e della luce. Oppure fino a quando qualcuno si rendeva conto dell'ora e correva a casa, improvvisamente stordito dal pensiero dei compiti da fare. Oppure di colpo si udiva un urlo e il malcapitato finiva trascinato via per un orecchio da una madre comparsa dal nulla.

Tutto questo dal lunedì al venerdì. Il sabato, quando veniva buio e non c'era niente da fare, si andava in piazza e si stava lì, a osservare il passaggio delle ragazze più grandi inseguite dai nostri fratelli.

Noi stavamo sulle panchine e quando passava uno che conoscevamo facevamo pernacchie, urla, applausi.

Quel sabato, quello di Adele, io me ne andai in anticipo dal campo e corsi su, un po' emozionato. Adele mi aspettava sulle scalinate della chiesa. Facemmo un giro mentre veniva sera. Le offrii un gelato. Parlammo poco e lei mi prese la mano a metà della via pedonale.

«Ti piaccio?» mi chiese.

«Sì.»

«Non sono troppo secca? I miei compagni mi chiamano Quattroossa.»

«Ma no, e poi basta che mangi qualcosa di più.»

«Ma io mangio, però non ingrasso.»

«Beata te, sai quanti vorrebbero essere così. Io, se non mi trattengo chissà come finisco.»

«Tu cosa vuoi fare da grande?»

«Il calciatore, e tu?»

«Io la manicure. Mia cugina, che lavora a Latina, dice che ho delle belle mani.»

Con Adele uscimmo insieme per tutta la primavera. All'Ascensione ci scambiammo un bacio (con la lingua) nascosti sotto il portico dei panettieri, con la processione che ci passava a pochi metri. Ci saremmo sentiti avvolti dal fascino del proibito, se avessimo saputo in cosa consisteva.

Poi io cominciai a distrarmi. Mi succedeva sempre così, per ogni cosa (tranne che per il pallone): raggiunto il mas-

simo, o quello che io credevo tale, mi ritrovavo a chieder-
mi dov'ero e cosa ci stavo a fare, a guardare l'ora per capire quando ci saremmo separati.

Secondo me Adele non se ne accorse, così non ci rimase
male. Si trovò un ragazzo di città e mi scrisse da Ladispoli
dicendo che mi mollava. Una bella lettera, devo dire, una
classica lettera da ragazze avrebbe detto il Roscio. Tre pagine di complimenti, di "quanto sei bravo" e tu sei lì ad
aspettare il "ma" che prima o poi arriva. Arrivò quasi alla
fine "ma ho conosciuto un altro ragazzo. Senti, quando ri-
comincia la scuola, non girarmi intorno". Secondo me
aveva visto troppi film o troppe serie americane. Stava
nella mia stessa scuola, abitavamo in un posto che non era
certo Roma. Se non le giravo intorno io mi avrebbe girato
intorno lei.

Ero stato lasciato. Però la cosa non mi sconvolgeva.
Non mi sentivo né distrutto né umiliato. Ne parlai con
mia sorella Tina e lei mi liquidò con un "trovatene un'altra, lo sai che per ogni uomo ci sono tre donne?".

Questa l'ho sentita spesso. Una volta l'ho anche detta a
Nico, il single più single che io conosca. Lui mi ha fancu-
leggiato e ha aperto le braccia: «Dove sono le mie tre, le
vedi? Dico, ora, in questo momento».

«Ma non è così...»

«Eh no, cocco bello, ora.»

Mi arresi. Con Nico non si discuteva.

Dopo Adele ho avuto un numero di donne che definirei
"congruo". Diciamo, meno di quelle che potrei avere nella mia veste di calciatore importante e ricco. E non ne ho
lasciata neanche una. Se ne sono andate per consunzione,
anche Marina, con cui feci per la prima volta l'amore, sul
letto dei suoi, quando lei aveva diciassette anni e io sedici
e mezzo.

Non avendo mai lasciato una donna, quel pomeriggio
di giugno fissavo inebetito i palazzi del centro di Milano
dalla finestra della mia casa, chiedendomi come potevo
lasciare Anna, con cui non c'era stato ancora niente.

Tecnicamente non si trattava di lasciarla, ma di rispondere al fatto che lei mi aveva scritto, in quel suo stile così particolare, che "provava qualcosa per me". Non mi ero mai trovato in quella situazione. Ma non perché una donna mi aveva mandato una "dichiarazione", ma perché era Anna.

Lei era diversa. Ripensai a quella volta, a quella volta che non volevo deluderla, là, davanti alla chiesa di via del Turchino. Ripensai a quando vi ero tornato la seconda volta.

Stavo addentando una brioche della signora Bianca, quando suonò il telefono di casa. Pensavo fosse Anna.

Era l'inglese.

18
QUELLA SERA

«Di', professorino, bella partita di merda, hai fatto.»

L'inglese aveva mollato la Nazionale da sei mesi. Un bel giorno, senza preavviso e sorprendendo tutti (in questo era bravissimo), aveva convocato una conferenza stampa in un albergo del centro e annunciato che, da quel momento in poi, avrebbe giocato solo per il suo club. Che era anche il mio. Io avevo pensato che non me lo sarei più tolto dai piedi. Giocando di meno, infatti, sarebbe durato di più.

Erano seguite le solite polemiche, i soliti dibattiti sulle tv e sulle radio, nazionali e private. L'inglese ci marciava, si divertiva, con quel suo modo strafottente di affrontare la vita. Ogni tanto buttava lì qualche esca e un giornalista deficiente abboccava, tirando fuori che lui era intenzionato a tornare in Nazionale. E via un nuovo show.

Ma l'inglese non sarebbe più tornato. La verità è che voleva risparmiare le forze. Aveva più di trent'anni. E poi si divertiva molto di più a sfottere quelli che in Nazionale ci giocavano, come me.

Dopo ogni partita, quando tornavamo al centro sportivo del club, trovavamo appese all'entrata le sue pagelle. Come fosse un giornalista.

«Effettivamente.»

Non avevo voglia di parlare, ma soprattutto non avevo voglia di affrontare quello che, ne ero certo, sarebbe stato l'argomento della telefonata. L'inglese non mi chiamava per discutere della mia pessima prestazione, ma della vacanza a Formentera.

In quel momento capii, con sgomento, che in quella giornata avrei dovuto divincolarmi da due situazioni intricate. Mentalmente chiesi scusa ad Anna. Non potevo paragonare le conseguenze della sua mail alla vacanza con l'inglese. Avrei voluto continuare a riflettere sulla mail di Anna e sull'incontro della sera, e invece mi trovai con l'inglese che mi investiva.

«Oh, in Estonia suonava a vuoto, qui hai il telefonino staccato. Tra due giorni si parte, io ti ho fatto i biglietti. Mi avevi detto che venivi, ma da un po' di tempo ti vedo strano, sfuggente. Non è che mi tiri pacco?»

Feci un bel respiro e mi tuffai: «Ho un problema a casa. Devo ritardare di una settimana, ma poi vengo, te lo assicuro».

«Che cazzo dici? A me, tu non mi fai fesso. Tu non vieni più, io ti conosco, hai questo modo di fare, rimandi, rimandi, come quando non hai voglia di giocare, stai lì sulla fascia a fare le mossette. E io che pensavo di farti un favore a invitarti a casa mia. Ma lo sai che ho la coda di gente che mi chiede di venire. De Grandis, vaffanculo.»

Mi sbatté il telefono in faccia, prima che potessi tentare una difesa che, comunque, non sarebbe stata in piedi. Tono e insulti a parte, aveva ragione lui.

Però quello scoppio d'ira mi aveva colpito. Rimasi inebetito con la cornetta in mano poi, lentamente, la sistemai al suo posto. Andai su uno dei miei due terrazzi e guardai giù, la mia bella e tranquilla via del centro, piena della luce di giugno. La quiete era spezzata solo vagamente dai rumori che provenivano dalla strada principale. Auto, soprattutto. La via dove abitavo era senza uscita, l'avevo scelta apposta. Terminava con un muro. Al di là c'era un giardino bellissimo, uno di quei giardini milanesi di cui pochi conoscono l'esistenza. Ogni tanto mi mettevo a contemplarlo, seguivo lo sviluppo dei rami degli alberi, mi piaceva il verde delle conifere in qualsiasi stagione.

Lo facevo soprattutto quando mi sentivo rilassato. E in quel momento lo ero, perché fino a poco prima non avrei immaginato che liberarmi dell'inglese sarebbe stato così semplice. Lo rivalutai, anche. Certo mi aveva coperto d'insulti, ma se questo bastava a emendarmi della colpa di non seguirlo a Formentera, firmavo subito. Temevo, però, che al rientro dalle ferie, al raduno della squadra, avrebbe ricominciato a stressarmi.

Potevo andare a prendermi un caffè fuori per festeggiare. Fare due passi. Ma c'era ancora Anna, che mi aspettava tra qualche ora. La faccenda con lei era più delicata. Io, in fondo, come mi sfotteva sempre Nico, ero un vecchio gentiluomo di campagna. Delle donne ho un grande rispetto. E forse un po' di paura.

Non stento a credere che dipenda da mia nonna, dalla sua figura, dalla sua influenza su di me. E comunque, Anna era una donna particolare.

Uscii e mi avviai verso corso Garibaldi, al bar dove spesso incrociavo altri giocatori. Tra lì e corso Como c'era un bel giro di colleghi. Molti avevano comprato locali, si erano lanciati nell'imprenditoria. Io mi volevo comprare un bar. Non era per l'investimento, per l'affare, ma per il divertimento di andarci, girare dietro al banco mentre il locale era pieno di gente e prepararmi da solo il caffè. Chissà, avrei potuto chiedere all'untuoso che mi aveva trovato la casa. Era efficiente, magari ci riusciva.

O forse potevo chiedere a Mario, il barista. Tifava per la Juve, ma era simpatico. Ci facevo sempre due chiacchiere. Mi servì il caffè fischiettando.

«Non bene, ieri sera.»

«Succede» buttai lì.

Non gli offrii una sponda. Stavo pensando ad Anna. Ancora non mi rendevo conto che mi aveva fatto una dichiarazione. Non c'era la parola "amore", nella sua mail. Troppo banale, conoscendola. Anna mi voleva e me lo diceva. Certo che questa storia era stupefacente.

A me Anna piaceva, ma il rapporto che avevamo andava bene così. Si parlava, si scherzava, magari ci si vedeva. Però fisicamente non mi attirava. E anche se mi fosse piaciuta e avessimo avuto voglia di divertirci ci sarebbero state troppe complicazioni. Non mi spaventava il fatto di avere una storia con una donna sposata. La moralità, in me, era un concetto astratto. Ma con Anna non si trattava certo di una storia così. Anna avrebbe voluto di più.

Sì, era veramente sorprendente. Che cosa avevamo in comune? Anna era una donna sposata con due figli e mi aveva sempre parlato bene di suo marito. Mai una parola che non fosse di elogio. Era una donna colta. Frequentava un ambiente che non era il mio. Io avevo ventisette anni, ero un calciatore famoso all'apice del successo. Ero ricco, mi divertivo, non avevo preoccupazioni. Mi ero reso impermeabile alle emozioni. Ero così, ero solo io.

Ora avrei dovuto spiegare tutto questo a una donna. Avrei dovuto svelarmi, dirle che non avevo nulla da darle. Era questa la parte più difficile, era questa la parte che odiavo.

Parlare di me stesso.

19

LA STRISCIA DI PELLE

Anna era seduta sui gradini davanti alla Triennale. Indossava un paio di pantaloni verdi e una delle maglie inconfondibili che le piacevano tanto, di quelle che le giravano sulla schiena e si annodavano davanti. Sopra aveva un giacchino bianco di cotone leggero. E gli immancabili occhiali da sole. Sorrideva. Sembrava contenta.

Non mi vide arrivare. Pensava che venissi dalla strada con una delle mie auto. Invece sbucai da un ingresso del parco con la bici. La bici era un prestito di Giacomo, il portiere del mio palazzo. Gliel'avevo chiesta quando mi ero reso conto che la Peugeot era dal meccanico. Avevo pensato di presentarmi con la Ferrari, così Anna si sarebbe resa conto del personaggio con cui aveva a che fare e il discorsetto che mi ero preparato con cura avrebbe avuto un bel sostegno visivo. Poi avevo lasciato perdere.

Ero nel cortile, alle prese con la scoperta dell'assenza della mia auto meno esagerata, e mi chiedevo cosa fare per arrivare alla Triennale. Stavo pensando di avventurarmi a piedi. In fondo non era lontanissimo. Fu allora che vidi le bici nella rastrelliera.

«Pensi di cambiare sport?»

Con Giacomo ci davamo del tu. Non era milanese, ve-

94

niva da Pavia. Però sosteneva di essere uno dei pochissimi portinai lombardi in attività a Milano.

«Siamo in via d'estinzione, caro mio, e anche la percentuale di italiani sta crollando.»

Era bassissimo, con una massa ispida di capelli bianchi. Mi ricordava Bruno Lauzi, che a me piaceva molto. Avevo messo molte delle sue canzoni nell'iPod e una volta che lo prestai a un mio compagno me lo restituì schifato.

«Non capisci niente» gli dissi, prima che si ributtasse nelle orecchie un qualche pestilenziale ritmo americano.

A me piaceva la musica italiana. O al massimo gli Abba o gli Eagles. Canzoni tranquille.

Giacomo era il portinaio perfetto per quel palazzo di miliardari. Sufficientemente scafato e paraculo per non farsi travolgere dalle manie dei condomini. Trattava tutti allo stesso modo, mollava a tutti una media di notizie sugli altri e galleggiava sereno.

Mi voltai. Stava lì e mi fissava, appoggiato al gabbiotto.

Lo fissai: «Di', ne posso prendere una?».

«Con tutte le macchine che hai? E poi per un calciatore è meglio evitare le due ruote, troppo pericolose.»

Giacomo ramazzava giornali e riviste dagli inquilini. Aveva una vasta cultura che spaziava da "Astra" alla "Gazzetta dello Sport", da "Newton" a "Novella 2000".

Siccome non mi decidevo m'incalzò: «E poi quand'è stata l'ultima volta che sei stato in bici?».

Non me lo ricordavo.

«Dai Giacomo, mi prendo una bici, tu di sicuro hai le chiavi dei lucchetti e sai chi tra i proprietari è via e chi no.»

«E se la rompi?»

Allargai le braccia.

«Gliene compro una nuova uguale.»

Giacomo mi fece segno di aspettare col dito indice. Poi entrò nel gabbiotto. Ne uscì con una bici.

«Questa è la mia, se devi scassarne una, scassa questa così me la rifaccio nuova.»

E così andai in bici all'appuntamento che avrebbe cambiato la mia vita.

Recuperai un berretto da baseball, che calcai bene in testa e mi misi gli occhiali da sole. Quasi irriconoscibile. E poi, nel traffico milanese della sera, chi si sarebbe accorto di un calciatore famoso che si aggirava in bici, schivando paraurti e motorini?

Anna si voltò e sgranò gli occhi. Scesi dalla bici e mi avvicinai spingendola. Eccoci qua. Dovevo dire a una donna intelligente di quarantadue anni che non ero interessato a lei, ma senza ferirla. Dovevo essere delicato.

«Non ci credo. Giri in bici? Pensavo che voi calciatori foste una delle cause primarie del buco dell'ozono» mi canzonò, scendendo dal muretto e venendomi incontro con quel suo passo che avevo imparato a conoscere molto bene, fatto di piccoli scatti laterali e di improvvisi surplace, come quelli di un ciclista.

«E il berrettino? È perché non vuoi farti vedere con me? Oppure hai paura di finire su una di quelle riviste pettegole?»

«Guarda che quella sposata sei tu, io non avrei niente da perdere.»

Anna si oscurò e io mi pentii di averlo detto. Capii che l'idea la tormentava. Come se quel momento fosse già qualcosa che si poneva oltre il confine del senso di colpa. Io non ne avevo, ma sentii ugualmente qualcosa dentro, come se vivessi parte di quello che viveva lei. Mi spaventai. Così, voltai la bici verso il parco e le dissi: «Vieni, facciamo due passi».

Anna mi camminava accanto e taceva. Quando la guardavo mi sorrideva e sembrava contenta, per qualche attimo mi parve pure emozionata. Io spingevo la bici e fissavo la ruota che girava, cercando di trovare le parole.

«Anna, voglio dirti questo e sappi che non l'ho mai raccontato a nessuno. Ho avuto una storia con una donna sposata, una volta. Non è stata una storia facile e sono stato malissimo.»

Mentre le dicevo così pensavo a tutte le volte che nella mia vita avevo mentito. Mai niente di fondamentale. Mai niente di irreparabile. Scuse, più che bugie. Nel caso di Anna, credevo fosse una bugia a fin di bene. Le stavo esponendo il mio pensiero partendo da una premessa falsa: cioè che avevo sofferto. Non c'era stata nessuna sofferenza, né da una parte, né dall'altra. E questa era la bugia. Il resto era quasi tutto vero: non potevamo funzionare, era troppo complicato, rischiava di essere solo una storia di sesso, almeno per me. Qui la menzogna prendeva una strada tortuosa perché se mi fossi sentito attratto da lei, probabilmente non mi sarei fatto alcuno scrupolo. Ma questa attrazione non c'era.

Lei assentiva alle mie parole, come se fossero logiche, doverose, come se si aspettasse proprio quello.

«Hai ragione» concluse alla fine del mio discorso, con quel suo tono che avevo cominciato a conoscere e significava che pensava esattamente il contrario.

Di colpo mi sentii sopraffatto dal ridicolo.

Ci sedemmo su una panchina davanti a una specie di laghetto, nel centro del parco. Non era tardi. C'era ancora luce, anche se eravamo al tramonto. Dall'altra parte dello specchio d'acqua arrivava il brusio di un gruppo di persone che stava prendendo l'aperitivo in un bar. Chi seduto ai tavolini, chi in piedi con bicchiere in mano. Il loro chiacchiericcio riempiva i nostri silenzi.

Anna e io eravamo lì, muti, seduti sulla panchina. Poi lei parlò.

«Ti devo ringraziare e non ti devi preoccupare per me, sono un animale da fatica. Supererò anche questa, come tante altre situazioni intricate della mia vita.»

Mi voltai verso Anna. Era leggermente piegata in avanti e la maglietta le era salita sulla schiena. Guardai la striscia di pelle e non so cosa mi successe, so solo che mi venne voglia di baciarla.

«Magari un bacio possiamo darcelo.»

Anna scosse la testa: «No».

Mi sentii più ridicolo di prima. Io, un calciatore professionista di ventisette anni, all'apice del successo, seduto
su una panchina di un parco con una donna di quindici
anni più vecchia che avevo appena rifiutato e poi avevo
tentato di baciare, venendone respinto.

Avevo cominciato a innamorarmi, insomma.

20

IL BACIO

Stavo baciando Anna.

Eravamo nel mezzanino del bar Cherubini di piazza XXIV Maggio. Prima di quel pomeriggio non sapevo come si chiamasse la piazza – per me era solo porta Ticinese –, e fui costretto a guardare lo stradario quando fissammo lì il nostro appuntamento.

Entrando Anna aveva chiesto al barista: «Possiamo sederci di sopra?».

Una scelta tattica, anche se io, sempre un po' tardo con le donne, inizialmente non l'avevo capita.

Come c'eravamo arrivati?

Era lunedì. Il nostro incontro al parco era avvenuto venerdì sera. Ci eravamo lasciati davanti alla Triennale da dove eravamo partiti per la nostra passeggiata chiarificatrice, che in realtà aveva chiarito ben poco.

Mentre, dopo un "ciao" frettoloso, inforcava la moto con la solita elettrica rapidità mi vennero in mente le domande più assurde. Le più inutili, senza importanza. Forse era un tentativo di difesa dell'organismo contro la situazione, contro quel senso di inadeguatezza che mi invadeva e nei confronti del quale mi sentivo spesso indifeso. Perché mi ero sempre sentito impotente nei confronti del dolore, mio e degli altri. Non lo sopportavo. E poi non ero capace di prestare soccorso.

Così, pedalando a ritroso verso casa mia, mentre in vaste zone del parco era già scuro, pensavo ad Anna e a curiosità marginali.

Non le avevo chiesto come potesse stare fuori fino a quell'ora, dove fossero i bambini, cosa pensasse suo marito di quell'assenza che copriva la tradizionale ora di cena a casa Mariani. No, Mariani era Anna. Suo marito come si chiamava di cognome? Me l'aveva detto, ma l'avevo scordato.

Pedalavo con il mio berretto da baseball e gli occhiali scuri e pensavo che, forse, avrei dovuto telefonarle o mandarle un messaggio.

Pensavo a tante cose, le più strane, immerso in un'irrealtà che non mi abbandonava, sebbene cercassi di scacciarla facendo piani per i prossimi giorni, per il mese di vacanza che mi attendeva. Potevo telefonare all'inglese e dirgli che ci avevo ripensato. Ero certo che mi avrebbe ospitato nella sua villa e riammesso alla sua corte, ma mi avrebbe tormentato per tutta la vacanza con le sue battute. No, Formentera per me era off limits.

Potevo chiamare la ragazza molto sveglia che organizzava i viaggi del mio club e chiederle di programmare un viaggio negli Stati Uniti o in Canada o in Patagonia. Potevo chiedere all'ultima ragazza in servizio permanente effettivo, la professoressa di portoghese e spagnolo, di accompagnarmi.

Quando arrivai a casa il portone era già sbarrato. Dal gabbiotto di Giacomo filtrava una luce che proveniva dal suo appartamentino. Bussai. Comparve sull'uscio con un grembiule e un mestolo. Mi scrutò, poi scrutò la bici, cercando eventuali danni. Scosse la testa.

«Peccato, mi sembra a posto» commentò.

Gliela riconsegnai, lo salutai e salii in casa, rifiutando l'invito a sedermi con lui davanti a un piatto di spaghetti. Sprofondato sul divano rimpiansi di non aver accettato. Avrei risolto il problema della cena che ora non sapevo come affrontare.

Stavo lì al buio, con le finestre aperte e il telecomando in mano. In quel venerdì sera milanese di inizio estate, arrivava fin nella mia strada senza uscita qualche suono attutito di clacson, il lontano sferragliare del tram, una voce di donna che cantava dallo stereo di una delle case vicine.

Avevo un grande salone dove avevo fatto sistemare uno schermo al plasma enorme e altri quattro televisori più piccoli per vedere contemporaneamente altri programmi. L'idea non era mia. Quando ero ancora un ragazzino avevo visto un servizio su un calciatore che aveva una sala così e avevo giurato a me stesso che, se avessi fatto i soldi, l'avrei imitato.

Riflettei sulla mia situazione. Veramente anomala. Ero un professionista giovane e ricco. Davanti a me c'era un mese di vacanza e non sapevo come spenderlo. Avevo tutto e non avevo niente. Avrei potuto essere con Anna, in quel momento, e mi chiesi che cosa sarebbe capitato.

Poi suonò il telefono.

«Qui Nico Martorelli.»

Nico cominciava sempre così le sue telefonate. Una volta gli avevo chiesto se si qualificava così anche con sua madre.

«Certo» mi aveva risposto, «io odio che qualcuno non mi riconosca.»

«Sì, ma tua madre... come vuoi che non ti riconosca?»

«Mia madre, santa donna, ormai semirincoglionita, più degli altri.»

«*Aquí Marco de Grandis, habla por favor*» gli risposi cercando di fare il brillante.

«Mavaffanculo: tutto attaccato.»

«Ciao Nico, *qué pasa*?»

«Sai, a te studiare le lingue ti dà alla testa. A proposito, voto 4 per ieri sera. Pensavi a qualche cutrettola?»

Cutrettola: nel vocabolario di Nico ragazza particolarmente carina con cui avere una storia di sesso senza coinvolgimenti emotivi. Cioè, in pratica, il contrario di Anna.

«Insomma...»

«Quando vai in vacanza a Formentera?»

Come faceva a saperlo?

«Chi è il tuo informatore?»

«La "Gazzetta dello Sport". Asino, leggi i giornali, c'è anche la mappa: "dove vanno i campioni".»

«Non vado più.»

«Allora vieni qui, a mezzanotte faccio un grigliata di pesce sulla spiaggia con gli amici. Ti ho detto che ho risistemato i bagni?»

Sì, me l'aveva detto. Guardai l'orologio. Erano le nove meno un quarto. Nico mi aveva invitato convinto che gli dicessi di no. Invece era quello che mi ci voleva. Una corsa fino a San Benedetto del Tronto.

«A mezzanotte non so se ce la faccio, tienimi qualcosa da parte se ritardo. E prenotami un albergo.»

«Oh, bravo, così mi piaci. Dormire dormi da me. Non correre che ti aspetto.»

Mentre buttavo in una borsa il costume da bagno e qualche vestito di ricambio, chiamai il garage che ospitava il mio parco macchine e gli dissi di portarmi la Ferrari. Da quando l'avevo comprata, a parte il viaggio al paese con Mimì, non l'avevo mai usata per un tragitto lungo. Era quello che le serviva per togliersi un po' di noia di dosso.

Era, soprattutto, quello che serviva a me. Per togliermi dalla mente il pensiero di Anna e degli occhi con cui mi aveva guardato prima di andarsene.

Non ci riuscii, neanche quando mi concessi, sperando di non finire acchiappato da qualche autovelox, di correre a duecentoventi all'ora.

21

SCOPERTE

Anna mi guardò dall'altra parte del tavolo con un sorriso sghembo. La mia richiesta di chiarimenti produceva un effetto comico? Davanti a lei la solita birra media, davanti a me un caffè al ginseng (quando l'avevo ordinato si era messa a sfottermi).

Tra di noi le nostre mani intrecciate. Io ogni tanto guardavo giù, verso l'entrata del bar. Dentro non c'era praticamente nessuno. La maggior parte dei clienti era seduta ai tavolini sotto i portici. Per fortuna era estate. Noi due eravamo gli unici clienti a esserci avventurati là sopra. Mi ero tolto berretto e occhiali. Ogni tanto il barista guardava su, cercava di capire se ero proprio io. Chissenefrega, pensai. Poi guardavo Anna ed ero felice di essere lì con lei.

Come eravamo finiti lì?

Le avevo inviato un sms la sera di venerdì tra Forlì e Rimini, rallentando un momento la corsa verso San Benedetto. C'era traffico, ma io sgusciavo con la Ferrari in mezzo alle auto. Sono sempre stato un buon guidatore.

Non vorrei che ce l'avessi con me, io a te ci tengo.

Mi rispose quasi subito, come se si aspettasse qualcosa.

Ti ho scritto due e-mail, dove sei?
Sto andando a San Benedetto del Tronto, torno domani o domenica sera.

Vaffanculo.

Rimasi spiazzato, per l'ennesima volta. Anna aveva di questi scatti che ti lasciavano senza fiato. E i nostri rapporti, per quel venerdì, si chiusero così.

La notte era chiara. Io ascoltavo Isoradio e pigiavo sull'acceleratore. Era una sensazione strana, quella che avevo addosso. Mi sentivo avvolto da una vaghezza che mi accoglieva senza causarmi insicurezze o sensi di colpa. Mi sentivo indeciso a tutto e per questo sostanzialmente libero. Avevo sempre questo mese di vacanza davanti a me e nessuna idea su come trascorrerlo.

Sorrisi pensando che, in quel momento, avrei risposto come rispondiamo di solito noi calciatori in determinati frangenti della stagione agonistica. Dove volete arrivare?, ci chiedono i giornalisti. Viviamo alla giornata.

In quel momento io vivevo alla giornata. C'era una donna che mi voleva (forse, magari in quel preciso istante no), c'erano dei giorni da riempire. E io stavo evitando accuratamente di pensarci.

Una mia caratteristica. Lo feci anche quella volta.

Quando arrivai davanti ai bagni dove avevo trascorso intere giornate nei tempi in cui giocavo nell'Ascoli, fui sorpreso dal vedere che non si chiamavano più "Bagni Serenella", ma "Bagni Nico". Ma guarda un po', il vecchio Nico. Anche lui, invecchiando, era diventato egocentrico.

Quando feci il mio ingresso in veranda, seguendo l'odore di pesce alla griglia, ci fu un improvviso silenzio. Nico era in piedi, oscurato dal fumo che saliva dalle braci. Un grembiule con il nome di una marca di pasta copriva la sua tenuta da bagnino: bragoni da surfista e T-shirt blu con la scritta SALVATAGGIO. In mano aveva un forchettone e in faccia un'espressione appagata.

Immaginava che cosa fosse successo. Nico aveva preannunciato il mio arrivo ai suoi ospiti. E questi lo avevano preso in giro, rifiutandosi di credergli. E invece eccolo lì, diceva la sua faccia, il campione di calcio che dava lustro alla grigliata sulla spiaggia.

«Signore e signori, il mio amico Marco de Grandis. In tempo per uno spiedone di gamberoni. Un bell'applauso.»

Per la seconda volta in un mese mi trovavo a una cena con degli sconosciuti ma, a differenza della serata a casa di Anna, finii per parlare molto di più di calcio. Eppure anche in questa occasione mi trovai bene.

Nico finì di cucinare la grigliata, poi sparì per qualche minuto e riemerse con un pentolone di spaghetti. Mi concessi più di un bicchiere di vino e fumai qualche sigaretta.

A un certo punto, non so come, mi trovai su una sdraio, rivolta verso il mare, con un bicchiere di prosecco e una sigaretta, mezzo stravolto. Non sentivo più le voci degli altri ospiti. Faceva fresco. Stavo per andare a cercare Nico, per chiedergli se aveva qualcosa di pesante da prestarmi, ma mi arrivò addosso una felpa. Nico aveva anticipato la mia richiesta. Me la infilai mentre lui avvicinava una sdraio e si sistemava accanto a me. Sulla felpa c'era un cavalluccio marino e la scritta BAGNI NICO.

«Serenella che fine ha fatto?»

Nico fece spallucce.

«Sai, ho pensato che bisogna lasciare un segno nella vita. Io ho quasi sessant'anni e in questo momento che cosa resterebbe di me, se morissi?»

Lo guardai.

«Be', io verrei al tuo funerale. Sarebbe di impatto, no?»

A Nico venne in mente qualcosa. Si frugò in tasca e mi diede cinquanta euro stropicciati.

«Sono tuoi. Un milanese strafottente mi ha detto che se arrivavi mi dava duecento euro.»

«Non dovrei averne la metà?»

«Con tutti i soldi che guadagni, esoso.»

Si alzò di nuovo, facendomi cenno di aspettare. Sentivo il mare in fondo alla spiaggia. Mi piaceva l'Adriatico, con quelle spiagge dove prima di arrivare all'acqua dovevi percorrere un bel tratto. Nico tornò con una bottiglia di vodka e due bicchieri. Riempì il mio e il suo. Bevemmo in silenzio, fissando ognuno i nostri punti cardinali.

Restammo a lungo sulla spiaggia, a tacere o a parlare di tutto, cioè quasi di niente. Nico poteva essere mio padre, ma non mi faceva quell'effetto. Era un amico e basta. E in quel momento avevo bisogno di rifiatare.

Verso le tre di notte sbadigliò: «Io domani devo venire qui alle sette e mezzo. Almeno quattro ore di sonno le devo fare. Andiamo a dormire».

Nico si era comprato un casale su una mezza collina nell'interno. Seguii la sua Panda. Non era quella "storica". L'aveva cambiata. Davanti alla casa c'era un vialetto d'ingresso e una tettoia per le macchine. Mi fece infilare la Ferrari e ci mise dietro la Panda.

«Così se te la vogliono rubare prima devono portare via la mia. E se ci provano li stendo.»

Il casale l'aveva restaurato lui. C'era un immenso salone con un camino, un angolo studio dove vidi il pc nella penombra. Resistetti all'impulso di chiedergli di farmi controllare la posta. Al pianterreno c'era la cucina abitabile e un bagno. Di sopra due stanze e un altro bagno. Mi sistemai nella stanza battezzata "degli amici".

Rimasi con Nico fino a domenica mattina. Sabato andai in spiaggia tutto il giorno, feci il bagno, presi il sole e a pranzo mangiai due piatti di spaghetti con le vongole. Poi, dopo aver letto i giornali, nell'ora più calda mi addormentai all'ombra su un lettino appartato e comodo che Nico aveva battezzato "per pennichelle inderogabili e a prova di scocciatori". Quando mi svegliai era il tramonto, intorno a me non c'era più nessuno a parte i bagnini che stavano chiudendo gli ombrelloni. Guardai il mare liscio davanti a me e, senza quasi pensare, in quello stato di stordita beatitudine che si ha quando ci si sveglia davvero riposati, camminai fino all'acqua, godendo del solletico che i sassolini della spiaggia mi facevano sotto la pianta dei piedi. Mi sedetti sulla riva, lasciando che la risacca quasi tiepida mi lambisse, e affondai le mani fra le pietruzze bagnate. Fu allora che, tra tutte le conchiglie, i vetri smerigliati dal mare e i sassi di quella spiaggia, una pietra liscia finì nel palmo della mia mano. Chiusi le dita, le riaprii, e c'era questo piccolo sasso, levigato e chiaro, che mi strappò un sorriso. Stringendolo in pugno come un bambino che ha trovato qualcosa che gli piace e ha paura che gli venga portato via, tornai verso lo stabilimento.

Il sabato sera, Nico mi portò in uno dei ristoranti dove andavamo sempre quando giocavo nell'Ascoli. Fu la continuazione di quel senso di vaghezza felice che mi aveva spinto fino a San Benedetto.

Lasciai Nico la domenica, poco prima di pranzo, subito dopo un ultimo tuffo. Ci abbracciammo, sotto gli occhi di un discreto numero di curiosi, davanti alla Ferrari. Nico si fece fare dal barista una foto con me e il bolide e mi disse che l'avrebbe appesa all'ingresso, accanto alla licenza per gli alcolici. E poi mi sussurrò: «Potrei dire che sei gay e io sono il tuo fidanzato».

«Potresti, ma non lo farai.»

«Ah no? E perché?»

«Non tanto per la mia immagine, quanto per la tua.»

Nico se la rise e io tornai a Milano.

Verso Forlì, cercando il cellulare, ritrovai nella tasca del giubbotto il sasso raccolto sulla spiaggia. Lo guardai, e mi accorsi che aveva l'inequivocabile forma di un cuore. Un sasso, un cuore fra mille. Ma non un cuore qualsiasi: era quello che era venuto incontro a me, che aveva interrogato la mia vita.

Esattamente come venerdì, mandai un altro sms ad Anna. Mi sentivo pronto.

Ho voglia di te.

Mi rispose dopo un secondo.

Questo è un colpo basso.

Da quel momento al primo bacio da Cherubini, non ricordo che cosa sia accaduto. Ma non è rilevante.

22
L'ILLUSIONE DEL CONTROLLO

Le sfiorai la mano e Anna prese la mia nella sua. Fu una stretta quasi violenta, chiesta da entrambi istantaneamente. Necessaria. Ci guardammo, l'uno di fronte all'altra. Anna indossava un paio dei suoi pantaloni di tela in serie, questa volta blu, e una maglietta grigia. L'immancabile casco della moto, che la seguiva ovunque, era abbandonato con il suo giubbotto su una sedia. Io avevo un paio di jeans e una camicia bianca.

«Stai bene con la camicia bianca» mi aveva detto posteggiando la moto davanti al bar.

In quel momento non trovai giustificazioni o ragioni, non sapevo neanche cosa fosse a spingermi, ma non avevo bisogno di una motivazione. So solo che mi alzai leggermente, allungandomi sul tavolo del bar e Anna, che aveva capito cosa volevo perché lo voleva anche lei, fece altrettanto.

Intercettammo le nostre bocche con facilità e trovammo le nostre lingue con naturalezza. Fu un bacio forte, lungo. Fu un bacio di quelli che pensi all'ultima volta che hai baciato qualcuno così, all'ultima volta che hai provato la stessa sensazione e non trovi nulla, la memoria è sgombra come se aspettasse solo quello per riempirsi. Insomma, fu un bacio che indusse al ricordo senza appigli, all'investigazione senza risultato.

Eppure, in quel lunedì sera, mentre ripetevamo il bacio

più e più volte, allungandoci sopra quel tavolo, scattando quasi allo stesso momento come sprinter in vista del traguardo, nella scomodità che non ci disturbava e non ci bloccava, in quegli istanti in cui per cominciare bastava solo guardarsi, senza bisogno di segnali particolari, di richiami, e anche dopo, quando ci lasciammo perché lei doveva tornare a casa, io mi sentivo ancora dietro i sicuri argini dell'illusione del controllo.

Ero ancora in quella fase in cui pensavo che quello che stavamo facendo non avrebbe causato danni irreparabili alla mia vita. Ero (o credevo di essere) in quel periodo di tregua dei sentimenti in cui se uno o l'altro si fosse tirato indietro non sarebbe successo nulla di grave, non ci sarebbero state ferite da rimarginare, al massimo solo un semplice riassestamento mentale. Era un'illusione.

Quella sera, dopo l'ultimo bacio, mentre scendevamo le scale dal mezzanino al bar, al riparo da occhi curiosi, quando ci lasciammo davanti alla sua moto, tra la folla che non sembrava accorgersi di noi, o forse era il contrario ma non ci facemmo caso, io mi sentivo vagamente emozionato, leggermente confuso, ma convinto di poter gestire il coinvolgimento con Anna.

La mia vita non era mai stata complicata. Ero sempre sfuggito alle categorie in cui venivano catalogati i calciatori (e lo facevo anch'io), perché me n'ero fatta una tutta per me. Ero il professorino, un anomalo, dotato di un po' di cultura, senza esagerare, uno che non si faceva tutte le donne che gli capitavano a tiro, ma solo quelle che gli occorrevano per un minimo di attività sessuale o per un po' di compagnia.

Non che i miei compagni fossero delle bestie, il periodo del calciatore che non sapeva articolare due parole in croce era finito. Però seguivano tutti un percorso segnato o sul modello dell'inglese o su quello degli sposati. I single del mio tipo erano veramente una minoranza. Quelli che non avevano una fissa, quelli che non avevano mai avuto una famosa.

Io ero così. Ma non per scelta, più che altro per carattere. Non che fossi migliore di loro. Ero solo diverso.

Questo pensavo quella sera davanti a porta Ticinese, mentre mi avviavo al posteggio dei taxi. La mia riflessione non andava oltre.

«Quando ci vediamo?» chiesi ad Anna mentre avviava la moto.

«Domani posso essere libera a cena.»

«Vieni da me?»

Anna mi guardò.

«Ho detto a cena, voglio mangiare, voglio che mi porti in un ristorante. Poi vedremo.»

Diede gas e sparì in viale Col di Lana.

Poco dopo, mentre ero in taxi diretto a casa, con il conducente che continuava a guardare nello specchietto cercando di capire se ero proprio io, mi arrivò un sms di Anna.

Il ristorante lo scegli tu, ovviamente.

Ovviamente mica tanto. A Milano andavo solo in due posti. Il ristorante in Brera dove ero di casa e quello di un ex giocatore brasiliano che, a fine carriera, invece di tornarsene a casa come fanno quasi tutti i suoi connazionali, era rimasto a Milano. Un anomalo, a cui piaceva girare tra i tavoli con gli spiedoni di carne da tagliare nei piatti dei clienti. Due posti dove avrei incontrato di sicuro molta gente che conoscevo. Magari non giocatori visto che le ferie erano già cominciate da almeno cinque giorni, ma qualcuno dell'ambiente ci sarebbe stato.

Così, una volta steso sul divano di casa, chiamai il mio procuratore, lo squalo. Quello si allarmò, si allarmava sempre quando lo chiamavo. Sebbene prendesse una percentuale più che soddisfacente e avesse fatto l'affare della vita quando avevo rinnovato il contratto, sebbene mi trattasse come fosse il mio più grande amico, non mi sfuggiva che, quando lo cercavo, si metteva sul chi vive, come se temesse qualche stranezza, qualche colpo d'ingegno, come quella volta che volevo mollare tutto per il litigio con il direttore sportivo.

Il procuratore era un milanese alto e secco, sempre elegante.Viveva a Roma da anni, ma aveva conservato una casa a Milano, in Galleria, ad affitto bloccato. Io non credevo che ci fossero abitazioni private, lassù. Quando lo scoprii, la volta che mi invitò a casa sua dopo la firma del mio primo contratto, gli chiesi se si potevano acquistare. Lui aveva sorriso mellifluo, facendomi capire che solo gli amici degli amici potevano ottenerle.

Questa volta mi rispose allegro, in apparenza. «Ohi, Marco, ciao, ma dove sei di bello? Su qualche isola bella ed esclusiva? Non dovevi andare a Formentera?»

«No, sono ancora a Milano.»

Avvertii come un vuoto d'aria e mi venne voglia di piantargli qualche grana, ma lasciai perdere.

«Ma non vai in vacanza?» si preoccupò.

«Non so, magari tra un po'. Sai, sto scoprendo Milano dopo sette anni. Non è male. Anzi, è per questo che ti chiamo. Ho bisogno di un consiglio da un esperto come te.»

Il mio procuratore squalo si definiva un gourmet professionista.

«Dimmi, a che proposito?»

«Devo portare una persona a cena, vorrei un ristorante come si deve.»

Il vuoto d'aria venne colmato da un sospiro di sollievo. Non mi fece domande, anche se intuiva che non andavo fuori a cena con una ragazzetta. Era sempre stato discreto e da questo lato (oltre che da quello professionale) lo apprezzavo moltissimo.

«Sadler. Conosci? No? Non importa, lo conoscerai. Chiamo io e prenoto per te. Vedrai, farai un figurone. A che ora?»

Scoprire Milano. Chissà come mi era saltato in mente. Però qualcosa di vero c'era. Come si chiamava quel film di Nanni Moretti dove lui va in giro in Vespa per Roma? Non mi ricordai il titolo, ma decisi che la prima cosa che avrei fatto la mattina dopo sarebbe stata quella di comprarmi una moto.

23
MI FACCIO LA MOTO

Quando avevo compiuto quattordici anni avevo ricevuto in regalo un motorino. Era un ferrovecchio che aveva più di vent'anni. Mio padre lo aveva rimesso in sesto con le sue mani. Era un Hobby Beta, verde. Io aspettavo uno scooter, ma mi trovai davanti quello sgorbio che veniva da un'altra epoca. Non certo quella in cui vivevo io. E poi aveva anche un nome imbarazzante.

Eravamo nel cortile di casa e dietro alle persiane del condominio c'era un folto pubblico che osservava la cerimonia della consegna.

Io girai attorno al motorino. Ne avevo chiesto uno a mio padre praticamente ogni giorno, per un anno, da quando ne avevo compiuti tredici fino a quel momento in cui avevo valicato i quattordici.

Io compio gli anni a fine luglio. Una vera sfiga: capita quasi sempre in ritiro o, negli ultimi anni, qualche amichevole. Non ricordo più un compleanno festeggiato a casa o con qualcuno che non fossero i miei compagni di squadra.

Quel giorno indossavo un paio di calzoncini del Napoli, ereditati da chissà chi, e una maglietta che una volta era stata verde. Il colore originale si era smarrito in una serie infinita di lavaggi. A casa mia soldi pochi, ma lavaggi (di cose e di esseri umani) moltissimi. La pulizia era la virtù di famiglia.

Mio padre era grande e grosso. Forse troppo, negli ultimi tempi. È morto per un infarto, infatti. Io giravo attorno al motorino come un indiano attorno a una carovana di pionieri sotto assedio. A un tratto mi fermò.

«Be', che c'è, non ti piace?»

Io non ero ancora il professorino. Però avevo già quel modo di fare da fenomeno.

«Ma funziona?»

Fu peggio che se gli avessi sputato in faccia. Si offese moltissimo. Mio padre non era uno che alzava le mani. In silenzio salì sul motorino, diede un colpo di pedale e s'accese subito. Accelerò e partì con il cavalletto ancora alzato, facendolo strisciare sulla ghiaia del cortile. Io restai ad aspettarlo per una mezz'oretta. Tornò sgommando e me lo posteggiò davanti.

«Allora, lo vuoi?»

Lo presi. Lo usai per tre anni, fino a quando non andai ad Ascoli. Il motorino era una di quelle storie per cui, ogni tanto, pensavo che a mio padre, a parte finire in serie A a guadagnare milioni, non avevo dato molte soddisfazioni. Da un punto di vista affettivo, intendo. Anche lui, come tutti gli altri, ha dovuto fare i conti con il mio carattere.

La storia dell'Hobby mi era venuta in mente perché, quella mattina, mi resi conto che io, a Milano, usavo poco l'auto. Vivevo in centro e quando volevo andare da qualche parte andavo a piedi oppure mi facevo portare da qualcuno. Le auto le usavo solo per andare al centro sportivo o per uno dei miei rari viaggi, tipo quello a San Benedetto.

Da quando avevo conosciuto Anna però, Milano non era più un luogo semisconosciuto. E la prima cosa che avevo imparato era che, per via del traffico, con l'auto c'era il rischio dell'esaurimento nervoso.

Così, mentre la donna delle pulizie mi preparava il caffè, pensai di acquistare uno scooter.

La decisione sollevava due problemi.

113

Primo: ai calciatori non è permesso possedere e, soprattutto, girare in moto. C'è un regolamento interno che lo vieta e se anche non ci fosse basterebbe il buon senso. Non ci vuole molto a capirlo: per uno che ha nelle gambe il suo talento è necessario evitare tutte quelle attività che le mettano a rischio. Se ti beccano in moto ti multano, se ti fai male, a seconda del livello di infortunio, ti possono decurtare lo stipendio e addirittura licenziarti. E poi fai la figura del fesso.

Io, però, ero sicuro che sotto questo aspetto non mi sarebbe successo nulla. Mi considero un guidatore esperto, tranquillo, rilassato, a prova di incidenti. Non avevo paura della moto.

Quindi passai al punto due. Come facevo a comprare una moto senza che il rivenditore telefonasse a un amico, questi a un altro amico e alla fine la faccenda finisse su qualche giornale o in tv? Qui mi arenai, dedicandomi alle brioche della signora Bianca.

Poi mi venne in mente la soluzione. Sgradevole, ma pratica. Dovevo ricorrere ancora al viscido che mi aveva procurato la casa. Lui conosceva tutti e tra i suoi mille traffici avrebbe sistemato certo anche quell'affare.

Era un po' di tempo che non girava attorno alla squadra. Temetti che fosse sparito dalla circolazione. E invece rispose al numero di cellulare che avevo.

«Carissimo, ma che piacere. Non sei in vacanza?»

«No, sono a Milano e avrei bisogno di un favore. Retribuito, ovviamente.»

«Vedremo, *money is not problem*. Di che si tratta?»

Sospirai: «È una faccenda riservata, che abbisogna delle tue arti» feci un po' il ruffiano anch'io. «Voglio una moto, la voglio subito, entro stasera alle sette e non voglio che figuri a mio nome.»

Fu perfetto.

Come per la casa, non fece inutili osservazioni o domande non pertinenti. Andò al punto.

«La intestiamo alla mia società di leasing, diamo un nome fittizio di chi ne usufruisce e che ufficialmente la pagherà a rate. Che moto vuoi?»

«Da città, uno scooter, comodo e sicuro.»

«Perfetto, ti prendo un MP3 Piaggio. È a tre ruote, ultima trovata. Ha tutte le comodità di una moto e ha più sicurezza. Non è difficile da guidare. Dirò di preparare un foglio con un compendio delle istruzioni.»

«Fai tu, mi serve solo per girare e aggirare il traffico. Pensi tu anche al casco, anzi due.»

Il viscido ridacchiò: «Certamente. Entro stasera l'avrai. Non darò il nome, dirò di consegnarlo al portiere. Va bene?».

«Perfetto.»

Mi sembrava strano fare tutto questo per Anna. Eppure era così, lo facevo per lei. Per essere più libero di raggiungerla e anche per fare colpo su di lei. Mi sentivo vagamente inquieto. Non sapevo bene cosa fare fino alle sette. Non potevo neanche scriverle perché mi aveva detto che era fuori Milano, a vedere dei lavori in un'abbazia.

Mi misi a studiare un po' di spagnolo. Bighellonai per casa. Improvvisamente tutto quello con cui riempivo il mio tempo al di fuori del calcio mi sembrò futile. Avrei potuto fare un giro per Milano. Decisi di andare alla palestra del Principe di Savoia. Una volta c'ero stato con l'inglese, che faceva il filo a una.

Mi ritrovai su un tapis roulant con davanti una tv. A un certo punto cominciò un tg sportivo e ci fu un servizio su dove vanno in vacanza i calciatori. Alzai il volume. Il giornalista disse che ero a Formentera con l'inglese, la sua fidanzata showgirl e altri personaggi dell'ambiente calcistico e televisivo. Misero anche una mia inquadratura di repertorio. La donna che stava sul tapis accanto a me guardò la foto e poi guardò me.

Le sorrisi. E guardai ancora una volta l'ora.

24

IL CORPO DI ANNA

Ad Anna piaceva dormire nuda e con le persiane aperte. Cioè esattamente il contrario di come ero abituato io. Ma questo lo scoprii dopo, in quel giugno fuori dal comune, fuori da tutto quello che avevo immaginato nella mia vita, lontano dal "solito" che mi apparteneva.

Fu uno dei particolari del suo e del mio carattere che imparai in quel mese così anomalo che trascorsi a Milano.

Quella sera non dormimmo insieme, quella sera facemmo solo l'amore per la prima volta.

Mentre andavo all'appuntamento, fissato in largo la Foppa, ero attraversato da un'agitazione contenuta, un accenno d'emozione. Eravamo ancora in quei momenti in cui non si poteva conoscere completamente quello che stava accadendo. Soprattutto non era possibile misurare la lunghezza di quello che c'era, cioè quanto avevamo percorso. Esistevano solo momenti, non una storia. Me lo ripetevo di continuo e Anna, come seppi in seguito, praticava quell'autoconvincimento molto più di me. Era lei quella che tradiva qualcuno, quella che rischiava di perdere qualcosa che aveva costruito, che aveva voluto. Io, al massimo, solo un mese di vacanza, almeno per come si stavano mettendo le cose.

La moto era arrivata alle sei e mezzo, puntuale. Avevo lasciato una bella mancia a Giacomo da consegnare a chi l'avrebbe portata. Mi citofonò avvertendomi.

Lo trovai che la guardava perplesso. Anch'io rimasi colpito. Era una moto strana. Mi venne un po' di timore ma pensavo di fare due o tre giri in cortile, per provarla.

«Di', ma cos'è, un triciclo? Se volevi una moto potevi chiederla a me, ho una lambretta fantastica nel baracchino della Bovisa» mi disse Giacomo, grattandosi il cespuglio di capelli ricci e bianchi.

Aveva questo pezzo d'orto appena fuori città. Ogni tanto mi regalava qualcosa, pomodori, lattuga, per quelle sere in cui restavo a cenare a casa.

Rimanemmo qualche istante in contemplazione della moto.

«A proposito, dimmi un po', dove la metto quando torno? Per stasera la posso sistemare in cortile? Se la lascio fuori magari vedono che è nuova e me la rubano.»

Mi guardò torvo.

«Stai scherzando? Già ci sono state discussioni infinite per la rastrelliera delle bici. Viene fuori un pieno. E poi, che ti frega se te la rubano, con tutti i soldi che hai, te ne compri un'altra.» Poi ebbe un'illuminazione: «C'è il magazzino di quello del quarto che è vuoto e lui è partito per gli Stati Uniti. Non torna prima di settembre».

Un giorno o l'altro mi sarebbe piaciuto sapere cosa facevano per vivere i miei coinquilini, ne avevo solo qualche idea frammentaria.

Entrò nel gabbiotto e ne uscì con una chiave. Mi spiegò come aprire.

«Non fare casini. Comunque, qua, in questo scomparto c'è una catena.»

Il viscido aveva pensato a tutto. Non riusciva ancora a starmi simpatico, ma il suo lavoro di faccendiere lo sapeva far bene, accipicchia.

«Hai frugato la mia moto?» feci con un tono scandalizzato.

«Ma va' a da' via i ciapp. Ehi, campione, piuttosto, non ci vai in vacanza?»

Guardai Giacomo e la sua tenuta estiva: pantaloni di tela blu e camicia azzurra. Il golfino senza maniche che aveva d'inverno cedeva il posto a un panciotto di seta (blu), sempre aperto. Un po' liso, ma bello. Lui, in vacanza, non ci andava mai.

«La mia vacanza è qui, ad agosto, quando siete tutti fuori dai coglioni, io chiudo il gabbiotto e mi faccio gli affari miei.»

Mi aveva raccontato che andava a ballare a parco Sempione, dove il comune organizzava delle serate per gli anziani che restavano in città. Anguria e mazurche. Lui sosteneva di essere un fenomeno nel ballo liscio.

In fondo mi sentivo un po' come lui. L'anno prima ero andato venti giorni ai Caraibi, ma in quel momento le ferie fuori Milano erano l'ultima cosa che mi interessava.

Quella sera non mi aspettava una discoteca posticcia, ma un grande ristorante. Eppure, mi sentivo come Giacomo, avrei voluto che se ne andassero tutti gli altri. A Milano allora sarei rimasto benissimo.

Anna mi chiamò verso le sette, mentre facevo dei giri di prova nel cortile con la mia nuova moto, sotto gli occhi di Giacomo che faceva il palo perché non mi sorprendesse uno dei condomini.

«Ciao, cosa fai?»

«Aspettavo che mi chiamassi. Quando ci vediamo? Ti va bene alle otto?»

«Benissimo.»

«Sei laconico, ti devo vaffanculare subito?»

Di Anna mi era subito piaciuto quel modo di fare, così diretto. E poi, mi faceva impressione che dalla bocca di una signora di quarantadue anni, docente universitaria, uscisse quella teoria di parolacce.

«No, è che stavo provando una cosa...»

«Cosa?»

«Sorpresa, vedrai stasera.»

Quella sera ci furono due sorprese incrociate. La prima fu di Anna, quando mi vide arrivare col mio "triciclo". Lo chiamò così anche lei, come Giacomo.

Quella sera indossava una gonna lunga fino alla cavi-

118

glia e una camicia bianca. Si sistemò dietro di me e mi infilò le mani sotto la camicia. Il contatto delle sue mani sulla pelle mi provocò un'eccitazione inaspettata. Io le sfiorai le gambe sotto la gonna e continuai a farlo anche al ristorante, sotto il tavolo.

Sadler era sul Naviglio. Posteggiai in una viuzza laterale. Quando scendemmo dalla moto attirai Anna a me e la baciai. In tutta la nostra relazione mi ha sempre sorpreso quella facilità che avevano i nostri corpi di trovarsi. Come se fosse la cosa per cui erano fatti. È così in tutte le storie d'amore? Io non ci credo.

Non ricordo più cosa mangiammo, ma mangiammo bene. Forse avremmo apprezzato di più il cibo, se non ci fosse stata quell'attesa del dopo, quel mistero che circondava la nostra prima immersione nel sesso. Perché, anche se non c'era stata alcuna programmazione, sapevamo entrambi che sarebbe successo.

Anna mi parlò dell'abbazia che era andata a vedere.

«Morimondo, la conosci?»

Ovviamente no, non sapevo che cosa fosse.

«Magari uno di questi giorni mi accompagni.»

I nostri dialoghi erano leggeri. Non nel senso che non si dicesse nulla, ma scorrevano via come un pezzo di corteccia sulla spuma delle onde di un torrente. Giù, trascinati a valle.

Avevo appena chiuso la porta di casa alle nostre spalle ed eravamo già un intreccio di lingue, braccia, gambe. Per tutto il giorno avevo pensato che potesse accadere, ma non me ne ero preoccupato. E non perché mi sentissi il classico calciatore "macho". Mi sembrava che sarebbe stato facile con Anna, che sarebbe stato come tutto quello che ci era capitato fino a quel momento. E così fu. A parte un attimo di stupore quando, nell'esplorazione del suo corpo, arrivai alle mutandine.

Indossava uno striminzito perizoma. Non ero preparato a quella scoperta. Non perché fosse una donna che non poteva indossarlo. Semplicemente non mi sembrava il ti-

119

po, tutto qua. Per fortuna Anna non se ne accorse. Glielo dissi tempo dopo, quando avevo già cominciato a regalarle biancheria intima, sua grande passione.

Quella sera tiepida mi ritrovai nudo sul mio letto, spinto da lei che mi stava davanti. In piedi. Filtrava un po' di luce dalla finestra e le accarezzava i capelli biondi. Il suo corpo era pallido, aveva seni piccoli ma belli e la sua pancetta, che spariva nel perizoma di seta nera, mi sembrava le regalasse qualcosa in più, di vissuto e di eccitante.

«Aspettami qui. Dov'è il bagno?»

Le indicai la porta e lei si voltò donandomi una visione del suo culo che mi fece saltare un respiro. Quando tornò si rimise in piedi davanti a me. Io l'afferrai e la trascinai giù.

«Posso stare solo un'ora.»

Bastò, per non tornare più indietro.

25

SENTIRSI IN COLPA

Non pensavo che andasse così, anzi speravo di rimanere delusa.

Anna mi mandò questa e-mail alle otto di mattina. Si alzava sempre presto e non solo perché aveva un lavoro "normale". Io un lavoro "normale" non ce l'avevo (come può esserlo il calciatore?), e il mattino mi piace gonfio di sonno, trascorso a bighellonare tra le pieghe delle lenzuola. Ho sempre amato gli allenatori che programmavano gli allenamenti il pomeriggio. Anche perché al pomeriggio io non dormivo mai. Come non dormivo sugli aerei, neanche quando tornavamo dopo le partite a notte fonda.

Quindi lessi il messaggio di Anna quando oramai erano le undici.

La sera precedente l'avevo accompagnata in largo la Foppa, dove aveva lasciato la moto con ancora quella sensazione di attesa, di indefinitezza. E sempre con le sue mani che si infilavano sotto la mia camicia. Neanche il sesso, neanche sfiorare i contorni che racchiudevano la sua nudità, distesa nel letto accanto a me, mi avevano trascinato verso una consapevolezza di quello che provavo per lei. E Anna non mi aiutava con quelle frasi che, nella mia testa, ti dovrebbero dire le donne, e neppure io aiutavo lei.

Insomma non ci eravamo detti nulla. Con le parole, fino a quel momento, ci eravamo solo sfiorati.

Piuttosto, la serata aveva aumentato lo stordimento. Esiste un momento in cui ci si definisce, in cui un uomo e una donna stabiliscono che cosa rappresentano l'uno per l'altra. Avevamo timore di affrontarlo? Ci stavamo studiando? Era ancora troppo presto?

Avrei voluto essere più pesante e anche pressante nei sentimenti, più pieno, più ricco e ancora più definito. E invece ero ancora fluttuante (un aggettivo che piaceva molto ad Anna e che usava spesso, così l'avevo fatto mio).

Quando accesi il pc e controllai la posta trovai quella e-mail. Lì per lì non capii cosa mi volesse dire. Me lo spiegò quel pomeriggio stesso, quando ci vedemmo per un caffè (dicevamo caffè, ma io bevevo una Coca-Cola e lei, dalle cinque del pomeriggio in poi, solo alcolici).

Eravamo seduti in un angolo appartato di un bar di piazza Sempione, ancora vuoto. Era presto per l'invasione della sera. I camerieri preparavano il rito dell'aperitivo alla milanese, accumulando sul bancone patatine, tramezzini, cabaret di salumi e formaggi, tartine, olive. Ogni tanto qualcuno sbirciava nella nostra direzione, probabilmente chiedendosi se sotto il berrettino e dietro gli occhiali da sole ci fossi proprio io.

Anna, come fosse lei quella riconoscibile, aveva una capacità quasi scientifica nello scegliere i posti dove non saltava fuori nessuno a chiedere autografi o in genere a importunare.

Mi disse che non aveva dormito. Io non dissi nulla, attesi.

Lei ripeté: «Non pensavo che fosse così».

Scelsi un approccio leggero, più per mettere a suo agio lei che per sollevare me stesso: «Be', insomma, ho un bel fisico, me la cavo ancora. Sono un calciatore nel pieno degli anni».

Anna sorrise: «Scemo». Poi aggiunse: «Sono stata bene, come mi succede con te dal primo giorno in cui ti conosco. E scoprire che anche il sesso può essere così naturale, senza soluzione di continuità con tutto il resto, mi ha veramente spiazzato».

Non sapevo cosa ribattere, ma compresi subito che si trattava di una diversità di prospettiva. E Anna, subito dopo, me lo chiarì.

«Non avevo mai tradito mio marito.»

Quella sua ammissione rimase in bilico tra di noi, e non la trovai sconvolgente solo perché non avevo mai considerato quell'aspetto della nostra storia. Io non avevo quel problema, io non dovevo rendere conto a nessuno. Fino a quel momento avevo semplicemente rimosso il contorno. C'eravamo io e lei. E basta. Mi venne spontaneo dirle: «Scusami non ci avevo pensato».

Era una stupidaggine, ma Anna mi carezzò la mano sotto il tavolo.

«Tu non ti devi mai scusare.»

Ci baciammo, senza pensare alla gente che entrava. Ci baciammo come ci baciavamo da quando era capitato la prima volta.

Quella sera se ne andò presto, non poteva restare.

«È uno degli ultimi giorni con mio marito prima che parta. È giusto che stia con lui e con i bambini» disse, e scappò via.

Non so, fu quando oltre a suo marito nominò i bambini, che per la prima volta mi resi conto che c'erano anche altri protagonisti in questa storia. Restai lì, in piazza Sempione, dove presto avrebbero montato il villaggio per gli anziani del comune, dove Giacomo sarebbe venuto a ballare le sue mazurche, a guardare Anna che spariva in fondo a via Bertani.

Quella sera, mentre mi infilavo il casco e mi accendevo una sigaretta, le mandai un sms.

Io ti rispetto.

Ed era vero.

Questo era il sentimento nuovo con cui facevo i conti, e mi accorsi che era cominciato da quel primo giorno, laggiù in via del Turchino.

Pensavo a suo marito e ai bambini non perché mi sentissi in colpa, però ci pensavo. Lo giudicai un passo avanti, rispetto a tutto il crogiuolo di mancanze che individuavo da sempre nella mia vita.

Quella sera mi ordinai una cena cinese (unta e abbondante, ero in vacanza) e mentre mangiavo guardando un film a reti unificate sulle mie tv, immaginavo Anna che stava a casa con suo marito che faceva le valigie e i bambini che giocavano. Venerdì li avrebbe portati dai suoi genitori, in Toscana. E sarebbe tornata a Milano, da sola. Da me.

Il pensiero mi fece restare lì, con le bacchette in mano, con un boccone di riso in precario equilibrio sul mio divano di marca.

Da quando Anna era entrata nella mia vita il rapporto con gli oggetti era mutato. Prima avere delle belle cose – casa, auto, telefonini, stereo, borse e vestiti firmati – era stato un cedere, non al senso di possesso, ma al piacere di avere delle belle cose. Le volevo. Le avevo sempre volute e me le potevo permettere.

Gli oggetti mi avevano sempre trasmesso certezze. Le poche che avevo, le poche che avevo cercato di trasformare anche in rapporti con i miei familiari.

In quel momento, l'unico oggetto che mi dava sicurezza era la mia moto-triciclo, quella che mi portava rapidamente da Anna.

Con lei, almeno in quella fase, era tutto in movimento. C'erano delle mail che ti colpivano allo stomaco, come quella che mi arrivò la mattina dopo.

26

HA UN CUORE DA FORNAIO E FORSE MI TRADISCE

Non pensavo che questa cosa andasse così, non pensavo che tu fossi così simile a me, anzi lo sapevo, altrimenti non saremmo arrivati a questo punto. Forse ti parrà strano ma non ho mai pensato a me come a una donna di quaranta-due anni e a te come poco più di un ragazzo di ventisette. Non ho mai pensato a te e a me come a una docente universitaria di Storia dell'arte e a un calciatore famoso. Ho pensato a me e a te come a una donna e un uomo che si erano trovati senza cercarsi. Io almeno non ti cercavo, avevo la vita che volevo, la famiglia che volevo. E anche tu non mi cercavi di sicuro, con tutti i soldi che hai e con tutte le sfintinzie che ti gireranno attorno e dove potrai pescare a piene mani (attacco di gelosia fuori tempo massimo). Ci ho messo tanto a costruire la mia famiglia e ho faticato, soprattutto con me stessa, con il mio carattere, con quello che ero e che sono ancora a giudicare da quello che mi è successo. Sono sempre stata diffidente, con gli uomini che ho incontrato ci ho messo un po' ad aprirmi. Questo non è successo con te e mi è sembrato naturale tutto. Incontrarti, parlarti, divedere quella sigaretta, scoprire che sapevi chi era Albini, messaggiare con te, baciarti e infine scopare. Non c'è stato un punto, una virgola, niente, nessuna punteggiatura tra di noi. È stato logico, razionale prima che sentimentale. E questo mi spaventa. Sono due notti che non dormo. Ieri se-ra, quando sono tornata a casa, mentre preparavo la cena,

ho sentito mio marito che, dalla stanza dove stava siste-
mando le sue valigie, canticchiava *Niente da capire* di De
Gregori. La conosci? "Mia moglie ha molti uomini" eccete-
ra. Ma lui era arrivato al verso "Ha un cuore da fornaio e
forse mi tradisce". Non ho mai capito com'è il cuore di un
fornaio. Ma ho capito che questa cosa deve essere chiamata con il suo nome: tradimento. Almeno da parte mia. Tu
non c'entri, anche se fai parte della cosa. Per cui scusami,
ma ho avuto paura, paura di perdere tutto quello che ho
costruito. E allora oggi preferisco non vederti. E magari
neanche domani, che è venerdì e poi c'è il weekend e porto i bambini al mare. Preferisco un po' allentare la morsa di
tutto questo, rallentare. Mentre ti scrivo sto piangendo, ci
credi? Una professoressa universitaria di quarantadue anni che piange. Ma ora è così. Mi hai sempre preso com'ero.
Fallo anche adesso. Ti prego.

Anna

Non mi venne da piangere, ma mi stupii a sentire dentro, e anche attorno a me, il sorgere di un'emozione. Non
c'ero abituato, non ero mai stato il tipo che le provava, a
parte quando giocavo, quando segnavo, quando vinceva-
mo il derby o qualche partita della Nazionale, o giocavamo la finale di Champions League.

Era ancora troppo presto per avvertire il senso della
perdita, non c'era ancora quel coinvolgimento che – facevo fatica a pronunciare anche solo mentalmente quella
parola – si chiama amore. Però mi sentivo privato di qualcosa. E anche se non sapevo o non volevo, per una sorta
di autodifesa, definire di che cosa si trattasse, quella sensazione mi lasciava incapace di riprendere la mia vita con
la normalità di prima. Qualcosa era accaduto. C'era un
prima e c'era un dopo.

Ecco mi sentivo così, un po' come era accaduto con la
prima mail di Anna.

Ma la cosa più strana era che mi sentivo privato non
tanto del sesso, del contatto fisico, ma di tutto il resto. Ero

stordito al pensiero di non vederla più, di non telefonarle più, di non trovare i suoi messaggi sul telefonino. Era entrata nella mia vita e ora, rapidamente, ne usciva.

Una folgore, un tiro improvviso dal limite dell'area che s'infila all'incrocio dei pali e il portiere neanche lo vede partire. Mi venne da sorridere.

Mi sentivo strano. Restai così per un po', davanti al pc. Poi mi decisi a uscire. Dovevo fare qualcosa, se restavo fermo non mi muovevo più.

Il preparatore atletico ci aveva lasciato un programma di allenamento "fai da te". C'era l'ottimo fitness center del Principe di Savoia, ma preferii andare a correre al parco.

Posteggiai la moto all'Arena e, protetto dal berrettino e dagli occhiali da sole, mi infilai nei viali. Ormai lo consideravo una propaggine di casa mia, una specie di veranda. In sette anni a Milano, prima di Anna, non vi avevo mai messo piede. Adesso ci andavo, per una ragione o per l'altra, quasi tutti i giorni. Corricchiavo e intanto riflettevo su cosa fare. Mi fermai un attimo e le mandai un sms.

Io comunque sono qui.

Lo so.

Pensai di continuare, poi lasciai stare.

Feci parecchi chilometri, non so quanti. Non c'era molta gente in giro. Mezzogiorno di metà giugno a Milano: non proprio l'orario più adatto per il rito del jogging.

Mi fermai davanti a un baretto e comprai un'acqua minerale. Me la spruzzai in testa e in faccia sotto gli occhi del barista, uno straniero, forse filippino. Lì accanto c'era una piccola pista di mini go-kart. Un paio di ragazzini sfrecciavano sulle automobiline, inseguendosi come neanche in Formula 1. In un angolo alcune persone anziane chiacchieravano, poco interessati alla folle corsa dei ragazzini. Poi una signora urlò e balzò in piedi avvicinandosi alla pista, seguita dagli altri che gesticolavano e chiedevano ai bambini di rallentare. Il filippino scosse la testa.

Evidentemente si trattava di nonni e nipoti che non erano stati sistemati in qualche luogo di vacanza dai genitori, come Anna stava per fare. Suo marito era partito per non so dove e lei, il prossimo weekend, avrebbe portato i bambini al mare, a Marina di Pietrasanta, dove i suoi genitori avevano una casa.

A proposito, mi domandai, cosa stavo pensando prima che Anna mi scrivesse quella mail? Prima di quel messaggio ricevuto, prima di ritrovarmi da solo (e questo non era un problema) a Milano, mentre tutti i miei colleghi stavano in vacanza? Ecco, giusto, ero rimasto lì, alla telefonata con l'inglese, furibondo perché non ero andato a Formentera con lui e la sua banda. A Formentera non ci potevo andare, ma mi potevo rivolgere a quella dell'agenzia di viaggi della squadra e trovarmi qualche posto bello dove stare almeno per un paio di settimane. La chiamai e glielo dissi.

«Sentiamoci lunedì, mandami delle proposte.»

Decisi di andare a passare due giorni al paese, da mia nonna. Guardai l'orologio. L'una passata. Via, dovevo fare in fretta a uscire dalla città e a scaraventarmi sulla A1 in direzione sud, prima del bailamme serale.

La ragazza dell'agenzia mi aveva accennato a un fantastico club in Marocco, aperto da poco.

Non immaginavo, mentre uscivo dalla città con il fuoristrada, che il mio luogo esotico di vacanza sarebbe stato Milano.

27
FERMATA INTERMEDIA

«Io, veramente, speravo nella Ferrari. Che delusione» disse Anna, aprendo la portiera e gettando la sua sacca sul sedile posteriore.

Si guardò intorno, poi mi sorrise come una bambina appena salita sull'ottovolante. Non mi ero ancora abituato – né ci sarei mai riuscito – a quel suo modo di sorridere. Mi incantava.

Ma questo accadde alla fine di quel weekend.

Avevo deciso di andare al paese, ma non chiamai mia nonna. Volevo farle una sorpresa. Fui indeciso fino all'ultimo se prendere la Ferrari, come avevo fatto la settimana prima per il mio viaggio a San Benedetto, ma poi mi venne in mente di passare a prendere Mimì, a Roma, e allora saltai sul fuoristrada. Era un Audi. L'avevo acquistato per distinguermi dai miei compagni che avevano quasi tutti il BMW X5 o la Porsche Cayenne. Be', in fondo non mi distinguevo molto, solo la marca era diversa, per il resto era immenso. Almeno per me, che non avevo nessuno da infilarci.

Lo rivalutai, pensando alla stazza di Mimì, mentre percorrevo l'Autosole e tentavo di chiamarlo. Il primo weekend delle mie vacanze lo avevo trascorso dormendo sul divano della casa di Nico, uno scapolo sessantenne che poteva essere mio padre.

Il secondo ero intenzionato a passarlo da mia nonna, ma con Mimì, il mio ex procuratore che di anni ne aveva più di sessanta. Chi ero? Cos'ero? Anna mi aveva visto le carte. E quello che aveva visto non mi piaceva. Almeno fossimo stati in pieno campionato. Avrei avuto meno tempo per riflettere, avrei potuto ritrovare facilmente i miei punti di riferimento.

Anna era sparita. Neanche più un sms, niente.

Anche se sull'auto avevo il vivavoce, ogni tanto afferravo il telefonino, intenzionato a fare il suo numero. Poi lo abbandonavo sul sedile del passeggero.

Neanche Mimì rispondeva, eppure doveva essere tornato dalla sua settimana nel centro benessere, naturalmente più grasso di quando era partito. Provai il numero dell'ufficio e la sua segretaria mi disse che non c'era, ma che se si fosse messo in contatto lo avrebbe avvertito.

Il traffico era, come sempre, congestionato, ma non troppo. Feci un paio di code fino a Firenze, poi filai via tranquillo. Mi fermai per un caffè in un autogrill vicino ad Arezzo. Purtroppo mi riconobbero e dovetti firmare autografi e farmi fare una serie di fotografie con i telefonini. C'era anche una pattuglia della polizia stradale e uno degli agenti mi chiese una maglia. Mi feci dare il suo indirizzo e promisi di mandargliela. Un tale si avvicinò di soppiatto mentre stavo per uscire e mi sussurrò che aveva sottomano un giocatore molto forte.

«Nella prossima vita, quando farò il procuratore.»

Ritelefonai a Mimì e questa volta lo trovai.

Mi disse che non poteva venire con me, che doveva incontrare della gente per affari.

«Mi piange il cuore, guagliò, ma devo lavorare. Tengo famiglia.»

«E da quando? Ma non sei single convinto?» lo sfottei.

«Miii, come sei diventato noioso, t'attacchi ai particolari. A proposito di single, ma quella donna di cui mi parlavi, quella della dichiarazione?»

Restai in silenzio un attimo di troppo. Mimì mi inchiodò: «Qui c'è una grossa novità. Marco de Grandis tiene un cuore. Bene, bene, poi mi racconti, ma con calma, non c'è fretta».

Così andai dalla nonna da solo. Arrivai che cominciava a imbrunire. Al mio paese si sale affrontando una serie di tornanti. Ogni volta che li percorro comodamente seduto in auto, penso ai tempi in cui li facevo su e giù in bicicletta con i miei compagni di allora, urlando i nomi dei ciclisti dell'epoca, e la cosa mi commuove. Per l'entusiasmo dell'adolescenza che travolgeva l'idea della fatica e annientava ogni forma di pigrizia. Ora, al solo pensiero di farli in bicicletta, mi stanco.

Il palazzotto che avevo fatto restaurare in mezzo al paese era completamente al buio. La nonna era andata a casa, quella vecchia, quella dove ero cresciuto, come tutte le sere. Entrai nel cortile del palazzo e posteggiai l'auto. Le stanze erano tirate a lucido, specialmente la mia, al secondo piano. Buttai la borsa sul letto e andai da mia nonna. Feci quello che facevo sempre, incurante dei suoi anni, come se fosse sempre uguale.

Le feci prendere uno spavento sbucando con la faccia dalla finestra aperta sul lavello, mentre stava sciacquando i piatti.

Prima urlò, poi minacciò di colpirmi con una sberla, quindi s'affrettò alla porta e mi abbracciò sgridandomi, felice.

«Disgraziato, mi vuoi far morire di crepacuore. Non chiami mai e ti presenti così, nella notte.»

«Veramente sono appena le dieci, è ancora chiaro, è estate.»

Mia nonna era bassa, piccola, i capelli bianchi avvolti perennemente in un vecchio panno di tela blu. La pelle del volto era grinzosa, come se non avesse le rughe dei suoi ottant'anni, ma un'immensa, unica ruga. E a me era sempre apparsa così. Mi preparò, malgrado le mie proteste, un piatto di spaghetti col sugo, che dovetti smaltire la mattina dopo andando a correre lungo il torrente.

Cercavo di non pensare ad Anna. Però ci pensavo, con quel senso di vertigine che mi seguiva da quando lei mi aveva "mollato".

Rimasi tre giorni al paese, quasi tutto il tempo chiuso al fresco del palazzo, tranne per qualche corsa su e giù per i vicoli, quasi sempre all'ora di pranzo, quando i miei compaesani, con una precisione che si portavano dietro da generazioni e generazioni, si mettevano a tavola, tutti alla stessa ora.

Mia nonna mi sgridava: «Ma due passi, la sera, potresti farli, dico da cristiano, non sempre correndo e senza salutare nessuno».

L'avevo costretta a stabilirsi nel palazzo. Aveva una stanza al primo piano, proprio sotto la mia. Ci aveva dormito solo una notte, quella dell'inaugurazione, poi era tornata nella casa vecchia. Suo malgrado, e solo perché c'ero io, si adattò a tornare.

Chiuse la porta di casa e ci incamminammo – si trattava di poco più di trecento metri – lei davanti e io dietro, con la borsa in cui aveva messo le sue cose. Nonna borbottava. Ma sapeva come farmi scontare quella decisione.

La domenica a pranzo fui costretto a invitare la mia famiglia al completo. Speravo in qualche defezione, invece si presentarono tutti, anche Sara. Il sabato dovetti andare a fare la spesa, con il biglietto su cui mia nonna, con la sua scrittura grande e precisa, aveva scritto l'elenco delle cose da comprare. Non scampai a un bagno di folla, per quanto ridotto, e tornai a casa esausto. Però ero contento di passare le sere a guardare improbabili varietà o inguardabili soap opera con lei. Mi dava una sensazione di leggera serenità.

Il guaio è che la tranquillità venne travolta dalla domenica in famiglia, con i miei nipoti che mettevano a ferro e fuoco il palazzo. Nei momenti di calma, mi chiedevano regali, inviti a Milano, autografi di colleghi calciatori.

Decisi di inventarmi una telefonata improvvisa e alle tre del pomeriggio mi rimisi in viaggio.

Faceva caldo anche in auto, colpa dell'abbacchio preparato dalla nonna.

Poi, appena superata Roma, Anna mi mandò un sms.

Non mi caghi più?

La chiamai, era ancora al mare dove aveva accompagnato i suoi figli e le si era bloccata l'auto.

«La recupero il prossimo weekend, adesso prendo un
treno» mi raccontò.

«Se vuoi ti do un passaggio, sono di strada.»

«Dove sei?»

«Sono stato al paese, da mia nonna. Allora, vengo?»

Ci pensò un momento.

«Sì.»

28

GIUGNO COL BENE CHE TI VOGLIO

Passai molte notti a casa di Anna, nella sua cucina a cenare, sul suo terrazzo a fumare e a parlare, nel suo letto a fare l'amore. Me l'aveva chiesto lei, non poteva dormire sempre da me. Ogni tanto si fermava, ma raramente fino al mattino. A una cert'ora mi chiedeva di riportarla indietro. Passai tutto il mese di giugno a Milano. Lo passai con Anna. Fu inevitabile. Fu come se tutto quello che lei non voleva succedesse e che io non immaginavo neanche cosa fosse, si manifestasse al di là di quello che eravamo, di quello che volevamo, di quello che cercavamo.

Quella sera, quando tornai dal paese, Anna mi aspettò alla stazione di Viareggio.

Ai genitori aveva confermato che avrebbe preso un treno per Milano. Invece diventai io il suo "convoglio", come mi definì quando ci fermammo nella prima piazzola dopo il casello per baciarci.

Mi erano mancati i suoi baci. Mi era mancata lei. Ritrovarmi con Anna, con il suo corpo accanto mi fece ancora lo stesso effetto. Come se il mio non aspettasse altro.

«Ci hai ripensato?» le chiesi, non appena riprendemmo l'autostrada.

Lei rimase in silenzio. Non disse nulla fino quasi alla Cisa. Io tacevo, convinto di aver detto qualcosa di troppo.

«Questa è la galleria più lunga.»

Anna aveva questo modo di riprendere a parlare, per

argomenti marginali. Poi però arrivava sempre al cuore, al punto centrale, all'argomento che le interessava: «Non ci ho ripensato. Sono convinta di quello che ho scritto e del male che sto facendo, ma non posso fare a meno di te».

Le presi la mano e Anna appoggiò la testa alla mia spalla. Dopo un po' si addormentò. Mi abituai, in quel mese, ai suoi ritmi, mi adagiai in quella vita che non mi apparteneva, fatta di risvegli prima delle otto al mattino e di sonno improvviso, che scendeva non più tardi di mezzanotte.

Quella sera l'orologio segnava proprio mezzanotte, quando sbucammo sull'Autosole a Parma. Guidavo, e Anna dormiva. Ancora adesso non so perché glielo dissi in quel momento. Forse il contesto generale mi aiutò: la notte chiara attorno a me, il silenzio della strada scalfito appena dalle note di un cd di musica pop di cui non sapevo neanche più l'interprete, forse i capelli biondi di Anna che sentivo leggeri sulla punta delle dita, forse la novità di quello che stavo vivendo. Forse il fatto che pensavo dormisse. Per questo, invece di comunicarlo solo a me stesso, mentalmente, lo dissi anche a lei. Piano, ma lo dissi.

«Ti amo.»

Ma non mi aspettavo che Anna, stringendomi la mano mi rispondesse: «Anch'io».

Fu come superare un confine, anche se non sapevo quale.

Così cominciarono le mie tre settimane milanesi. Tre settimane con Anna. Praticamente vivevamo da marito e moglie. Quando dormivamo insieme, cioè quasi sempre, lei era la prima a svegliarsi. Si alzava e faceva la doccia, poi andava a preparare la colazione. Niente brioche, niente cappuccino, mi dovetti abituare al suo caffè forte e ai corn flakes dei suoi figli. Al massimo preparava un caffellatte con le fette biscottate. Poi mi buttava fuori di casa e io tornavo nella mia, ma non ce la facevo più a dormire. Andavo a correre al parco o nella palestra del Principe. Facevo i miei esercizi in mezzo a gente sconosciuta. Solo un giorno mi capitò di incontrare la moglie di un mio compagno di squadra, un'attrice-modella. Una che era stata miss qualcosa e che si dava un sacco di arie. Ci guardammo con sospetto per qualche istante, entrambi, evidentemente, con qualcosa da nascondere.

Lei si chiamava Iva. Il nome non mi piaceva granché e neanche lei, sebbene fosse molto bella. L'inglese, ma non davanti a suo marito, la chiamava "superbigrat" la "supertopona". Era antipatica, scostante, nervosa, sempre imbronciata, sempre con un senso di superiorità che infastidiva quasi tutti. Con suo marito si erano trovati, anche lui era antipaticissimo. Se la tirava da esperto di alta finanza, girava con il "Il Sole-24 Ore", però era un discreto centrocampista. Uno di quelli su cui potevi fare affidamento, sebbene fosse ormai "anziano" e quasi sul punto di smettere.

«Cosa fai qui, non sei in vacanza?» mi chiese Iva squadrandomi dal tapis roulant che aveva occupato, trasformandolo nel centro di comando di un'astronave. Palmare, iPod, telefonino, agenda, borsa. Da ogni possibile buco dell'attrezzo spuntava qualcosa di suo.

«Potrei chiederti la stessa cosa.»

«Mio marito e Manuel sono a Porto Cervo, ma io avevo uno spot da girare. Due giorni. Li raggiungo domani. E tu?»

«Una questione con il mio commercialista, ma ora anch'io torno in vacanza.»

«E dove sei? Ah sì, non dovevi andare a Formentera col gruppone?»

Lo disse con evidente disprezzo.

«No, sono a San Benedetto.»

«San Benedetto? Quale?»

«Del Tronto, Marche, Adriatico.»

C'ero riuscito. La sua faccia, da imbronciata, divenne pallida. Non sapeva cosa ribattere. Con quella meta così "normale" avevo neutralizzato la sua malignità. Era talmente al di sotto di tutti i suoi standard, che non sapeva darle un senso, ancorché negativo. Fino a San Benedetto le sue cattiverie non arrivavano.

Quella sera raccontai l'incontro ad Anna e ridemmo di gusto. Mi aveva preparato un'insalata di riso come quella della prima volta che mi aveva invitato. Ne andavo matto. Quando non ce la faceva a preparare da mangiare, mi telefonava o mi mandava un messaggio chiedendomi di provvedere. Allora battevo la città alla ricerca delle migliori rosticcerie e acquistavo di tutto, piatti già pronti, vini di pregio. Anna mi prendeva in giro, diceva che ero il solito calciatore esagerato. Io le ribattevo: «Sai quanto ho risparmiato con questa "vacanza" milanese? Posso investire qualcosa per il nostro sostentamento».

Giacomo non mi aveva detto nulla. Del resto, per sopravvivere come portiere in quello stabile aveva maturato una rara capacità nel farsi gli affari propri e, quando entrava in quelli degli altri, lo faceva in punta di piedi. Mi veniva un paragone calcistico: come un buon difensore che ti porta via la palla in netto anticipo. Proteggendo i suoi inquilini (anche da loro stessi) proteggeva se stesso. Secondo me, aveva fotografato la situazione: storia seria con una donna sposata, storia diversa dalle altre che aveva visto scorrere, da quando avevo acquistato l'appartamento nel suo palazzo.

A me non disse mai niente, ma so che controllava la strada per vedere se, per caso, vi sostasse qualche faccia "sospetta". Probabilmente, temeva l'intervento di un marito geloso. O l'incursione di qualche fotografo. Ma a me sembrava di essere invisibile. A parte la bella antipatica quel giorno in palestra, non incontrai più nessuno di mia conoscenza. Anche a casa di Anna non ebbi mai problemi. C'era un parcheggio sotterraneo. Mi aveva dato un telecomando e io entravo e uscivo con quello, coperto dall'anonimato che mi dava il casco. La sua portinaia dello Sri Lanka era impenetrabile, molto più di Giacomo e, se si accorse di me, non accennò mai a quel misterioso motociclista che andava e veniva.

Ma anche se qualcuno si fosse accorto di noi, non sarebbe cambiato nulla. Per stare con Anna avrei travolto chiunque.

29
ANNA RACCONTA

In quei giorni, e soprattutto in quelle notti, imparavamo le nostre vite. Io, più di Anna, imparavo in che cosa consisteva dividere una storia d'amore. E, tra le cose che apprendevo, c'era anche il desiderio di dire tutto di sé all'altra persona, di non tenere nascosto nulla e di pretendere che l'altro facesse lo stesso. Forse non funziona sempre in questo modo, ma tra me e Anna era così che andava. E io, sicuramente, non l'avevo mai fatto prima. Una volta, una delle ragazze che avevo avuto durante i miei anni ascolani me l'aveva fatto notare. Più che un rimprovero era una constatazione.

«Non so nulla di te.»

Allora trovai l'affermazione strana, credevo che tutto quello che ci fosse da sapere fosse lì, davanti agli occhi di chi mi stava davanti. C'ero io, le cose che facevo, come mi comportavo in quel momento. Cos'altro voleva sapere?

Dovevo forse raccontarle di quando, a nove anni, mi era venuto il morbillo il giorno prima della finale di un torneo di pulcini e mia nonna mi aveva rincorso per strada urlando perché ero uscito febbricitante e confuso per raggiungere i miei compagni?

Non mi sembrava interessante, come tanti altri episodi della mia infanzia e della mia giovinezza. Storie di sogni, partite, amicizie, ragazze che albergavano nella mia memoria, ma che non avevo mai messo in comune con nessuno. Non per riservatezza, semplicemente perché non avevo mai trovato nessuno a cui raccontarli.

Eppure era la mia vita, e Anna me la cavò fuori con facilità. Perfino la storia del morbillo e della nonna che mi rincorreva. A proposito, mia nonna mi raggiunse (e dopo mi chiuse in camera con mia sorella grande a farmi da gendarme) solo perché avevo commesso l'errore di uscire portandomi appresso la sacca da calcio, altrimenti non ce l'avrebbe fatta. Dovevo cambiarmi a casa e fuggire con maglietta e pantaloncini sotto la tuta e le scarpe con i tacchetti, a costo di rovinarmele sull'acciottolato dei vicoli del paese. Lo tenni presente per il futuro, ma le malattie adolescenziali, che pure mi colpirono in seguito, non coincisero più con irrinunciabili eventi calcistici. Anna, ad ascoltare questa storia, si divertì moltissimo.

Le raccontai tutto di me e lei tutto di sé. Anna non aveva mai avuto il mio genere di problemi, le piaceva parlare, di sé, della sua famiglia, perfino dei suoi amori passati, senza alcun tipo di inibizione.

Aveva girato l'Italia. Sarebbe potuto succedere anche a me se non fossi stato bravo col pallone o se fossi stato un rompiballe, uno di quei giocatori che "spaccano lo spogliatoio", come si dice in gergo. Invece, dopo Ascoli, venni subito a Milano e fine dei trasferimenti. L'Italia e il mondo li ho visti attraverso le finestre degli alberghi e i finestrini dei bus della squadra.

Anna no, aveva passato più di metà della sua vita in giro. Suo padre era un dirigente di banca in carriera. Cambiava città spessissimo.

«Mio padre era un irrequieto e adesso che è in pensione e pieno di soldi, ogni volta che vado a trovarlo lo vedo con qualcosa in mano. È il giardiniere, l'idraulico, perfino il meccanico. E mia madre lo sfotte: "ma non potevi tirar fuori questo tuo spirito bricolage anche prima? Sai quanti soldi avremmo risparmiato".»

A me piaceva ascoltare Anna. Mi piaceva la sua voce e mi piaceva quando raccontava la sua vita, nuda, vicino a me e io le accarezzavo i capelli.

Anna era nata a Milano e questo particolare aveva, per

lei, una forte carica simbolica: Milano sarebbe diventata la sua città.

«Il fatto paradossale è che, tra i posti in cui mio padre ha piantato le sue bandierine, Milano è quello in cui abbiamo vissuto di meno. Giusto il tempo di farmi nascere.»

I suoi genitori erano toscani. La città di suo padre era Lucca. Sua madre invece era di Firenze. Anna aveva una sorella più grande, Luisa, che viveva a Roma.

«Un nome orribile, non trovi?»

Io non trovavo. Mi sembrava un nome come un altro. E glielo dissi. Mi tirò un cuscino. Mi chiedevo come sarebbe stato litigare con lei. Prima o poi sarebbe successo. Però, più passavano i giorni e le notti, e più non succedeva. Mia sorella piccola diceva sempre che con un uomo o con una donna bisogna litigare, altrimenti si corrono dei rischi. E aggiungeva: «Tu tendi a non litigare con la gente e sbagli. Litigare fa bene».

A me con lei non veniva da litigare. Mi veniva solo voglia di fare l'amore, ogni volta che la vedevo, anche al mattino presto, appena svegli. La prima volta che glielo proposi mi guardò come se fossi pazzo. Io pensavo che a lei piacesse, invece amava alzarsi presto, ma prima di entrare in azione ci metteva un bel po'.

Anna era passata da Milano a Verona, da Verona a Udine, da Udine a Parigi.

«Mio padre andò per un anno in una banca collegata al suo gruppo. E portò tutta la famiglia. Io avevo dieci anni, mi ricordo ancora che dovetti mettermi una divisa per andare a scuola. La odiavo, quella divisa. Però mi ricordo anche le occhiate dei maschi. In Italia, nessuno mi aveva ancora guardato così. Fu a Parigi che scoprii di essere una donna.»

Era veramente straordinaria in questa sua capacità di infilare il sesso in un discorso in cui non c'entrava nulla, o di passare da un linguaggio da "sciura", come diceva lei per prendersi in giro, al più inarrestabile turpiloquio. Di lei mi intrigava questo aspetto trasgressivo e pure aggressivo, come quando insultava gli automobilisti in mezzo al traffico.

L'avevo notato la prima volta che mi aveva portato con la sua moto alla Triennale, ma ora che ci definivamo "fidanzati", mi vedevo già coinvolto in qualche rissa per colpa sua. Anche questo la divertiva moltissimo.

«Pensa i titoli dei giornali: "Famoso calciatore fa a botte in mezzo alla strada per una donna".»

Avevo preso l'abitudine di accompagnarla nei suoi spostamenti per Milano. Lei aveva l'auricolare e così la chiamavo e la scortavo con la mia voce. Ogni tanto la nostra conversazione era interrotta da qualche scarica di insulti che riversava sui malcapitati automobilisti non abbastanza svelti a darle spazio.

«A Parigi ho dato il mio primo bacio. Avevo undici anni. Dico bacio con la lingua, naturalmente. Eravamo andati, con un ragazzino che mi piaceva, a fare un giro in bicicletta. Arrivati sul pont Mirabeau abbiamo appoggiato le bici alla ringhiera del ponte e lui mi ha baciato. Si chiamava Jules. Come il protagonista di *Jules e Jim*.»

Sebbene per i miei compagni e non solo fossi "il professorino", tra me e Anna l'unico professore era lei. Ma quando faceva qualche citazione di cui non conoscevo né il contesto, né l'autore, non mi offendevo. Non mi succedeva in generale, figuriamoci con lei.

«È un film molto bello di Truffaut. Hai voglia di vederlo?»

Una sera lo affittò da Blockbuster e ce lo guardammo a casa mia. Mi piacque molto, al punto che me lo andai a cercare da Ricordi e me lo comprai. Ce l'ho ancora. Come ho ancora tutti i regali e tutti gli oggetti che mi ricordano qualcosa che abbiamo fatto insieme.

30
ALTRI RICORDI

A me veniva da sorridere ripensando al mio primo bacio e a quello di Anna. C'è una differenza evidente tra il pont Mirabeau, a qualche metro dalla torre Eiffel, con la Senna che scorre sotto i piedi, e il vicolo di un paesetto dell'Italia centrale, con l'acciottolato che rende instabile l'equilibrio e con il terrore che passi qualcuno che conosci e lo vada a raccontare in giro. Mi veniva da sorridere anche perché mi piacevano queste diversità tra me e lei, questi mondi così distanti in cui avevamo vissuto prima di metterli in comune in quello che stavamo vivendo insieme.

Anna mi chiese a cosa pensavo, perché mi aveva visto distratto, e io glielo dissi.

«Tu non hai la gelosia retroattiva.»

Non era una domanda, ma un'affermazione.

Non capivo cosa intendesse. Eravamo seduti al tavolo di una trattoria di campagna, in provincia di Bergamo. Era stata una giornata caldissima, poi, alla sera, era venuto un temporale e aveva rinfrescato un po'. La mattina di quel giovedì, mentre facevamo colazione a casa sua, Anna aveva proposto: «Perché non mi porti a cena fuori?».

A lei piaceva uscire a cena, e quando diceva fuori intendeva proprio fuori Milano, in campagna, in posti sempre diversi. Per me era stranissimo uscire da Milano per andare in una città vicina che non fosse il centro sportivo del mio club. Se conoscevo pochissimo della città, tutto quello che c'era attorno era avvolto nella nebbia del disinteresse. Non avevo mai pensato, anche quando avevo qualche giorno libero, di visitare città come Bergamo, o Como o Pavia. A Bergamo andavo tutti gli anni, perché c'è una squadra di serie A, l'Atalanta.

E poi non mi ero ancora abituato a quella vita cittadina, per cui avrei preferito stare a Milano, così da tornare a casa prima. Ma se a Anna piaceva così, piaceva anche a me. Facevo tutto quello che mi chiedeva, perché mi piaceva fare qualsiasi cosa con lei e non mi pesava per nulla. E poi non si poteva sprecare neanche un minuto, perché le nostre erano settimane corte.

Infatti, c'erano dei giorni in cui non ci vedevamo. I weekend non esistevano, ad esempio.

Vivevamo insieme dalla domenica sera al venerdì pomeriggio. Poi Anna partiva. I fine settimana li trascorreva al mare, a Marina di Pietrasanta, dai suoi bambini. L'aveva messo in chiaro subito.

«Prima di tutto ci sono i miei figli.»

Quando me l'aveva detto io avevo azzardato: «Ti accompagno io, al mare. Magari mi trovo un albergo lì vicino e ci vediamo».

Non era mia intenzione invadere una parte della sua vita dove non avevo libero accesso e lei non si arrabbiò. Ma fu categorica: «No. Sto con i bambini, non insistere».

Fine della discussione.

Dunque, quel giovedì, cenavamo in una trattoria in mezzo a un bosco. La guida dei ristoranti (me l'ero comprata per essere preparato alle richieste improvvise di Anna, me la studiavo, stavo diventando un esperto) sosteneva che l'aveva fondata un garibaldino tornato a casa dopo le guerre d'Indipendenza. L'ex giubba rossa aveva deposto le armi e imbracciato mestoli e padelle.

Era un bel posto, in mezzo agli alberi. C'erano pochi tavoli occupati. Probabilmente il temporale aveva spaventato i possibili avventori.

Un uomo mi guardò come se mi avesse riconosciuto. Di

sicuro mi riconobbe l'oste (come lui stesso si definì) che, prima che ce ne andassimo, mi chiese di fare una foto con lui. E poi ne scattò una anche a me e ad Anna e me la inviò tramite posta elettronica. Ce l'ho ancora. Insieme non ne abbiamo fatte molte, ma quella è la più bella.

Anna mi parlò della gelosia: «L'uomo più importante della mia vita, prima di mio marito e di te, non nell'ordine d'importanza» e a questo punto mi fece un sorriso malizioso, «era geloso di tutti quelli che erano stati con me prima di lui».

«Sono stati molti?»

Posò la forchetta, bevve un sorso di vino e mi prese la mano.

«Tu sembri distante, ma non lo sei. Vedi, anche questa domanda è pura curiosità, non morbosità. Tu ti interessi degli altri, anche se non lo vuoi ammettere.»

«Dici?»

Ero perplesso.

«Dico. Comunque, veramente lo vuoi sapere?»

«Sì.»

Ci pensò su. Mi venne da sorridere. Alla fine sentenziò: «Otto, compreso te».

Rimasi un momento in silenzio. Mi sembravano tanti, anche se Anna, come mi aveva spiegato durante quel nostro primo incontro al parco, non aveva mai avuto problemi con il sesso. Non che fossi rimasto scandalizzato, no, è che pensavo non fosse il tipo, che non avesse tempo, non so. Nella mia mente una come lei, una che aveva studiato, ancora studiava, una donna intelligente e colta, non se la spassava così, tanto per spassarsela. Lo so, si trattava di un'idea priva di fondamento, forse una stupidaggine, ma era per quello che ero rimasto sorpreso.

«Ehi, torna qua.»

Anna mi richiamò alla realtà, a noi due, al piatto di fettuccine che mi era comparso davanti, portato dall'oste mentre mi perdevo in quel ragionamento.

«Non sei scandalizzato?»

«No, solo stupito, pensavo che solo i calciatori si desse-
ro da fare.»

Anna rise. Mi piaceva farla ridere, ma in genere era lei a
far ridere me.

«Allora, quel tuo fidanzato geloso?»

«Era a Tolosa, dov'ero andata a studiare. Lui era un
professore. Molto più grande di me, di almeno quindici
anni.» Si interruppe. «Be', non ci avevo pensato. È una
specie di legge del contrappasso. Prima più vecchio e poi
più giovane sempre di quindici anni...» Proseguì: «Era di
origine spagnola. Si chiamava Antonio. Io lavoravo nel
suo dipartimento».

«Perché eri finita proprio a Tolosa?»

Anna fece un cenno, come a indicare che era una storia
lunga.

«Perché volevo staccarmi dalla mia famiglia, perché volevo qualcosa di nuovo, di mio. Perché volevo mettermi
in discussione. Perché, se rimanevo a Lucca, dove ci eravamo stabiliti definitivamente, mi sarebbe sembrato di
non combinare nulla. E poi volevo mettere qualche centinaio di chilometri tra me e il fidanzato che avevo allora,
non lo sopportavo più. Così ho fatto una domanda, ne
avevo i titoli, e sono finita a Tolosa. E lì ho conosciuto Antonio. Posso dire che lui ha preso il grumo di idee, sesso,
cultura, sentimenti che ero e mi ha svezzata. In tutti i sensi. È stato uno spartiacque.»

«E perché non sei rimasta con lui?»

Anna rimase in silenzio. La guardavo ripercorrere il
suo passato.

«Perché non era possibile, perché non sarebbe mai stato
possibile avere da lui quello che volevo. Perché con lui c'e-
ra una continua, sottile tensione. Io volevo una famiglia,
dei figli. E non era il tipo. Non sarei andata da nessuna
parte con lui. Avrei continuato in quella vita, per certi versi
esaltante. Ma anche stancante. Lui, qualche weekend, tornava a Barcellona a trovare la sua famiglia. Non lo cercavo
e lui non mi cercava, ma io stavo tutto il tempo a guardare

il telefono, resistendo alla tentazione di chiamarlo. Forse faceva anche lui la stessa cosa. Era snervante.»

Tornando a Milano, quella sera, Anna guardava fuori dal finestrino, persa nei ricordi.

«Certe volte, all'ora di pranzo, ci chiudevamo nel suo studio a fare l'amore. Poi tornavamo a lavorare. Ci chiamavamo e ci chiedevamo: "Come stai?". "Rintronato" era la risposta.» Mi sorrise. «A te lo posso raccontare, non sei geloso.»

No, non lo ero. Quantomeno non del passato. Stavo per scoprire cosa significava esserlo del presente.

31
LA VERA GELOSIA

Poi giugno finì. E suo marito tornò. Anna mi aveva raccontato che teneva vari corsi nelle università americane. Io non potevo saperlo, ma era un latinista famoso nell'ambiente accademico. Aveva scritto vari libri, tra l'altro alcuni di quelli che si adottano nei licei. Se mi fossi iscritto al classico forse mi sarei imbattuto in uno dei suoi testi. Mi stupiva che non insegnasse all'università, e lo chiesi ad Anna. Una delle rare domande che le feci su suo marito. Lei lo chiamava "Davide", io "tuo marito". Non so se fosse una scelta, ma era così.

«Insegnava all'università quando l'ho conosciuto» mi rispose, «ma non si divertiva. Diceva che non aveva un contatto così diretto, quotidiano, con gli studenti come desiderava. Così è tornato al liceo. Ma ha continuato i suoi studi. È molto stimato.»

Quando Anna parlava di suo marito (e ne parlava sempre bene), dopo, rimaneva qualche istante in silenzio. Fatto raro perché non stava mai zitta.

Io lo sapevo che le dispiaceva fargli del male, che lei preferiva non pensare alla nostra storia come a un tradimento. Forse in molti fanno così. Ma forse no.

Anna non era infelice prima che la conoscessi, e suo marito non era uno stronzo. Anna non cercava svago, non era una casalinga inquieta. O una professoressa universitaria inquieta. Anna era Anna e mi aveva incontrato, mi aveva cercato e voluto. E l'aveva fatto perché c'era qualcosa dentro di lei che la portava a non fingere mai, soprattutto con se stessa.

Questo l'avevo imparato. Avevo imparato molto in quel mese di giugno. Avevo letto moltissimo, ad esempio. Non che prima non lo facessi, ma non così tanto. Con Anna, che divorava un libro via l'altro e di tutti i generi, andavamo spesso in libreria.

In quei maxistore che esistono adesso, ma anche in piccole librerie, come una in una viuzza dietro corso Sempione, specializzata in libri gialli. Fu uno dei pochi posti dove mi tolsi berretto e occhiali e girai indisturbato in mezzo agli scaffali. Le signore che gestivano la libreria non seguivano molto il calcio, ma sapevano tutto di Agatha Christie e Dashiell Hammett.

Avevo imparato, soprattutto, ad avere pazienza. E a sfruttare tutti i ritagli di tempo per fare qualcosa che avesse un senso. Quando Anna partiva per il mare, nei weekend, io restavo a Milano. Niente più viaggi, anche se Nico mi chiamò invitandomi a un'altra delle sue grigliate di mezzanotte.

Passavo le mattine in palestra o a correre nel parco, poi mi chiudevo in casa a leggere o a guardare vecchi film che affittavo oppure nuovi film che scaricavo con il pc come mi aveva insegnato Anna.

«Non è che poi mi arrestano?»

«Ma va, se è per uso personale non c'è problema.»

Non ero molto convinto, ma comunque rischiavo.

Quella "vacanza" mi piaceva molto. Ma era, appunto, una "vacanza". Cercavo di non concentrarmi sulle date, evitavo di guardare i calendari.

Non si trattava di accettazione supina di quello che capitava. Era sospensione temporal-sentimentale. Volevo quel presente, lo sentivo mio, e avevo paura di quello che poteva accadere se avessi tentato di spostarlo più avanti, di andare oltre, di trasportarlo nel futuro. Temevo di trovarmi costretto a spezzare quell'equilibrio chiedendomi che cosa stavamo facendo, dove tutto questo ci avrebbe portato.

Insomma, evitavo di archiviare la fase dove esistevamo

solo noi per passare a considerare quella dove sarebbero tornati a esistere anche gli altri, non più lontani, al mare come i bambini o negli Stati Uniti, dove era andato suo marito, ma presenti, in mezzo a noi. Per cui cercavo, ma lo faceva anche Anna, di viaggiare con un bagaglio leggero, a livello di proiezioni, di non andare più in là della notte che ci avrebbe trovati ancora insieme, abbracciati, felici.

E io ero felice, come non lo ero mai stato. Avevo raschiato la mia memoria chiedendomi: «Quando sono stato così felice?».

Quando mio zio mi aveva regalato il mio primo pallone. Era di un cuoio ormai consunto dai calci presi in un torneo dei bar di paese, ma quasi mi venne da piangere per la commozione.

O forse, quando avevo preso la maturità e mi ero detto che con gli esami, almeno a scuola, avevo finito e, anche se mi fossi iscritto all'università, non sarebbe stata la stessa cosa, perché avrei potuto lasciare quando volevo. Come infatti era accaduto.

Ma niente era paragonabile a quel giugno. Mi emozionava ogni cosa, dall'alzarmi al mattino, al fare colazione con i corn flakes (ormai ci avevo fatto l'abitudine e li avevo anche a casa mia), al ritrovare Anna accanto a me al mattino e incontrarla al pomeriggio o la sera, quando finiva di lavorare in università.

Poi tutto questo finì. Lo sapevo, conoscevo anche la data. Per fortuna, il ritorno di suo marito dagli Stati Uniti anticipava di pochi giorni il raduno della squadra per la nuova stagione.

Sapevo tutto, ma avvertivo nascere in me un senso di vuoto e anche di rabbia, come se mi stessero per privare di qualcosa che consideravo mio al di là di ogni discussione. Anna se ne accorse e affrontò la cosa con largo anticipo, cinque giorni prima.

Avevo ordinato una cena thailandese a casa mia. Lei si era comprata un vestito nuovo, una cosa strana, a due colori. Stava benissimo.

Anna non mi chiamava mai per nome. «Così non faccio confusione, non si sa mai.»

Quella sera lo fece.

«Marco, sei agitato, piccolo. Non esserlo. Non cambierà niente in quello che c'è tra noi.»

Il mio fu un debole sorriso.

«Lo so. Però non sarai qui con me, la sera.»

«Be', neanche tu. Non parti per il ritiro?»

Avevamo sempre fatto il ritiro nel centro sportivo, ma quell'anno era saltato fuori uno sponsor danaroso ed eravamo finiti sulle Dolomiti, a Brunico.

«Sì, è vero. Non è che ne faccio una colpa a te o a me, però questo è quello che accadrà e non so cosa succederà. Tu dai assuefazione.»

Anna mi carezzò una guancia. Aveva gesti di una tenerezza che mi spiazzava sempre.

«Cerca di stare tranquillo, mi raccomando. Non possiamo incasinarci.»

«Non verrò a suonare alla tua porta dicendo "permette, sono il fidanzato di sua moglie", te lo giuro.»

Lei mi diede un pugno sulla spalla: «Pirla».

Poi, com'era cominciata, quella vita da marito e moglie, da "fidanzati", terminò.

Un giovedì Anna andò a prendere suo marito a Malpensa. Arrivava il mattino presto. Quella notte la passò da me. Ci alzammo presto, alle sei, e le preparai un caffè. Poi l'accompagnai all'auto che aveva lasciato in via Borgonuovo.

La città era ancora deserta. C'era una limpidezza che il caldo avrebbe sicuramente cancellato.

Anch'io, dopo averla baciata, ebbi un momento di feroce limpidezza. In quel momento tutto ciò che avevo sospeso venne fuori. Pensai a suo marito che tornava, dopo un mese, pensai alle sue mani sul corpo di Anna. Pensai a lui che si addormentava accanto a lei.

Avevo imparato anche la gelosia. Ma non era la cosa peggiore.

32

IL RESTO DELL'ESTATE

Sì, qualcosa di peggio c'era. Il vuoto, la mancanza di Anna. Mi aveva detto di non cercarla, che si sarebbe fatta viva lei. Lo fece solo il giorno dopo.

Accadde ciò che non avrei mai immaginato di vivere, qualcosa che andava ben oltre la mia soglia di comprensione. Un'esistenza nell'attesa, di un'altra persona. Mai, fino ad allora, mi ero sentito così dipendente da un essere umano, uomo, donna che fosse. In certi momenti cercavo la compagnia degli altri, come facevo con l'inglese o con i giocatori della squadra, come avevo fatto nell'adolescenza con i miei coetanei al paese, ma sempre convinto di poterne anche fare a meno.

Invece ora, ogni momento della giornata aveva senso solo perché pensavo a lei. Quanto si può pensare a una persona? Ogni secondo, ogni minuto? A me pareva che non ci fosse spazio per nient'altro. Mi sentivo annichilito.

Quando ero tornato a casa, dopo averla accompagnata all'auto, dovevo avere una faccia preoccupante, visto che Giacomo mi fermò.

«Di', campione, tutto bene? Mi sembri un po' pallido, e non solo perché quest'anno non sei andato ad abbronzarti con le solite squinzie con le chiappe di fuori.»

Il mio sguardo lo inquietò ulteriormente. Mi spinse dentro il gabbiotto e mi preparò un caffè. Avvertivo che voleva dirmi qualcosa, ma io non lo incoraggiai e lui lasciò perdere.

«Quando vai in ritiro?»

«Fra tre giorni.»

Preso il caffè, salutai Giacomo e me ne tornai a casa. Sul divano, per tutto il giorno, pensai al marito di Anna. Be', veramente pensavo ad Anna e poi l'onda scivolava su di lui. Non lo conoscevo bene e, per quel poco che ci avevo parlato quella sera, mi pareva una brava persona. Non trovo un'espressione per dire che non mi ispirava sentimenti negativi. Anna poi, mi aveva raccontato che, a differenza di ciò che si può pensare di un professore di greco e latino, era spiritoso e ironico, anche se un po' troppo razionale. «A volte mi sembra che insegni matematica. Per lui tutto ha una spiegazione, per lui non c'è rabbia, solo mediazione.»

Si erano conosciuti ad Arles, in Francia, a una festa. Anna c'era andata con una collega ricercatrice dell'università. Era estate, faceva caldo, Anna aveva un vestitino bianco scollato sulla schiena. A un certo punto, davanti al bar dov'era andata a prendere un bicchiere di vino, si era sentita osservata. Si era trovata davanti quest'uomo che le guardava la schiena e non aveva paura di tenere fisso lo sguardo su di lei. «Anche se razionale sa essere un porco» mi aveva detto in un momento in cui quell'osservazione non mi aveva per nulla toccato. Chissà perché, ritornarci mi provocava uno scatto di rabbia.

Anna aveva fatto una battuta all'osservatore e avevano cominciato a parlare. Poi era cominciato tutto, alla maniera di Anna. Svelta.

«Per noi non è stato facile. Io ero a Tolosa, ma la mia casa era a Lucca, lui viveva a Milano. Abbiamo passato un periodo a incontrarci a Nizza. Abbiamo anche pensato di prendere casa lì, più o meno a metà strada, sul serio, ma non era praticabile. E poi lui, che quando l'ho conosciuto insegnava ancora all'università, ha deciso di tornare al liceo. Così il passo l'ho fatto io e sono venuta a Milano.»

Quel giorno invece io non feci un passo. Seduto sul divano guardavo gli schermi spenti delle mie tv e pensavo ad Anna e a suo marito. E al letto dove avevamo trascorso quasi un mese. Mi addormentai lì. Non so quando. So che mi svegliò il trillo del cellulare alle otto del mattino.

Anna.

«Non dormivi, spero. Hai già dimenticato le buone abitudini?»

Il suo tono era divertito e la cosa mi infastidì.

«No, mi sono addormentato sul divano, mentre tu te la sei spassata, almeno a giudicare dall'allegria che sprizzi da tutti i pori.»

Anna sospirò: «Ohi, ohi, siamo già alla recriminazione. Guarda che funziona così: io sono una donna sposata sopra i quaranta, tu un ragazzotto bello, giovane e di successo. Quella gelosa dovrei essere io».

Non si era arrabbiata.

«Com'è andata?»

«Così così, ho pensato sempre a te.»

Mi accorsi in quel momento di quanto mi piaceva sentirmi dire queste cose da lei. Le parole affettuose che magari a qualcuno possono sembrare melense (a qualcuno come me prima della storia con Anna), mi facevano stare bene, sentire meglio. Erano rassicuranti.

«Ci vediamo?» chiesi.

«Posso passare verso le sei, per un'oretta.»

«Ti aspetto.»

Mentre si rivestiva, quella sera, Anna mi sorrise: «Guarda che lo so».

«Che cosa?»

Si avvicinò e mi baciò sulle labbra: «So che è difficile, che non è più come fino a pochi giorni fa, quando dormivamo insieme, uscivamo a cena o andavamo in giro. Quando eravamo solo io e te».

Non avrei mai creduto di poter arrivare a tanto, di essere tanto temerario, soprattutto nei confronti di me stesso.

«Perché non ricominciamo a farlo?»

«Perché non sono sola.»

«No, dico, facciamolo veramente, facciamolo io e te. Facciamo una vita insieme. Ci hai mai pensato?»

Anna si fermò, in piedi, davanti a un quadro che mi aveva consigliato di acquistare un mio compagno di squadra. Era di Oscar Saccorotti. Molti calciatori investivano in quadri, così l'avevo fatto anch'io, non capendoci nulla. Avevo anche dei disegni di Boccioni. Anna aveva molto apprezzato e, visto che non sapevo nulla di quei pittori, mi aveva tenuto una bella lezione. Bella anche perché mentre parlava era nuda.

Anna fece di sì con la testa: «Ci ho pensato, infatti la mia risposta non era legata a questo frangente, al ritorno di mio marito. Non sono sola, ci sono i miei figli. Ti avessi conosciuto dodici anni fa probabilmente mi sarei già trasferita qui da te».

«Dodici anni fa ero minorenne. Saresti finita in galera.»

Lei rise.

«Scemo. Lo so, immaginavo di conoscerti in un altro momento, e con un'altra età per entrambi. Quello che voglio dire è che vedo troppi bambini senza i genitori, o con genitori separati e assenti. Io non voglio essere una di questi.»

«Portali con te, non è un problema, la casa è grande.»

«Anche se non hai proprio l'attitudine del padre non sarebbe un problema, ne sono più che convinta. Senti, io ti amo, ma questo non è il momento. Mi devi dare tempo, mi devi dare la possibilità di capire. E poi c'è anche mio marito. Abbiamo tante cose insieme, non le posso distruggere.»

Mi chiedeva di attendere. Guardai fuori, verso gli alberi, oltre il muro che chiudeva la via. L'estate era nella sua pienezza e io stavo per finire le mie vacanze, la mia vacanza dalla realtà. Due giorni al ritiro. In fondo, anche quello di Anna era un richiamo alla realtà. Ma io sentivo che la realtà vera, per me, era lei.

Venne dietro di me e mi abbracciò. Sentii il suo corpo contro il mio. Mi passò le mani sul collo, come faceva quando andavamo in moto.

«Ma io, a te, non ti mollo. Ci ho messo quarantadue anni per trovarti. Senti cosa ti dico: sono contenta, malgrado tutto, di averti trovato ora, così, come sei, come sono, come siamo.»

Mi stupiva la sua calma, mi inteneriva la sua forza, mi esaltava sempre quello che aveva visto in me. Il resto dell'estate l'avremmo trascorso senza vederci, probabilmente. Il resto dell'estate sarebbe stato peggio dell'autunno. Sperai che fosse già settembre, quando entrambi saremmo ritornati alle nostre vite normali.

«Anch'io sono felice di averti incontrato ora, ma adesso stabiliamo delle regole di ingaggio estive. Intendo su come comunicare.»

«Regole d'ingaggio. Bella. Dove l'hai sentita? In un film con Rambo?»

«No, con Tommy Lee Jones.»

33

TORNA A SETTEMBRE

L'allenatore mi squadrò con il suo tradizionale sguardo ironico, poi lesse i fogli dei test atletici e degli esami medici. Aveva l'abitudine, all'inizio della stagione, di parlare con i calciatori. Spiegava cosa si aspettava da ognuno e anche come voleva far giocare la squadra, le variazioni tattiche, cose così. Con i "vecchi" cioè da chi stava lì da più di tre anni, come me, se la sbrigava in fretta.

Eravamo in una camera dell'albergo di Brunico che ci ospitava. L'avevano trasformata in ufficio. Dietro di lui c'era una lavagna con nomi e frecce. Schemi di gioco. Dalla finestra giungevano i rumori del giardino. C'era un panorama molto bello. A me la montagna non piaceva, ma dalla finestra aperta si vedeva un pezzo di monte con la classica pietra delle Dolomiti, in parte coperto da un bosco. Cercavo di seguire il discorsetto dell'allenatore e intanto guardavo fuori.

«Hai aumentato la massa muscolare, ma hai perso due chili, nei test sei quello messo meglio. Non hai l'abbronzatura del fancazzista. Dove sei stato? Di', professorino, mi vuoi stupire facendo il secchione? Non ce n'è bisogno. Nel tuo ruolo non hai concorrenti.»

L'allenatore era considerato un duro. Non era un simpatico naturale, ma neanche un fetente. Era solo un professionista, ma avendo l'aspetto da Lothar, dava a tutti un'impressione sbagliata. Completamente calvo, alto, fisico atletico (si fermava in palestra alla fine di ogni allenamento), da giocatore era stato uno scarso terzinaccio di provincia e, come tutti quelli di basso livello con il pallone tra i piedi, era diventato un fenomeno in panchina.

Ero con lui da due anni e forse era il migliore allenatore che avevo avuto. Più che duro era serio, tutto qua.

«Ho fatto una vacanza alternativa.»

Lui rise, ma non sapeva che la mia non era per niente una battuta.

«Bravo, dillo al tuo amico inglese che si è presentato con un'intossicazione alimentare.»

L'inglese mi aveva guardato malissimo quando ci eravamo incrociati nel grande albergo milanese dove era stata fissata la partenza. Non mi aveva rivolto la parola e mi aveva ignorato. Non credevo fosse così vendicativo.

Quel giorno mi ero avvicinato a un gruppetto di compagni.

Dopo i convenevoli e qualche battuta sulle rispettive vacanze commentai: «Ho dato buca all'inglese per le vacanze, ma non credevo di fargli questo effetto. È proprio arrabbiato».

Uno di loro, sogghignando, mi informò: «Stai tranquillo, c'ha altri problemi. L'altro ieri sera ha dato una grande festa di fine vacanza nella sua villa di Formentera. Ragazze, gamberoni, ostriche, aragoste e champagne. Inglese style, senza freni. Solo che il cibo era avariato. Pare che abbia fatto il viaggio Formentera-Milano chiuso in bagno, decollo e atterraggio compresi, con le hostess che cercavano di tirarlo fuori».

Si misero tutti a ridere fino alle lacrime e io mi unii a loro. Cercavo di recuperare in fretta lo spirito del ritiro, del gruppo, quel cameratismo un po' da caserma che fino ad allora avevo sempre evitato. Cercavo di trattenere il pensiero di Anna come si trattiene il fiato quando si va in apnea. Insomma non potevo pensarci sempre.

Eppure era così che andava.

Stavo pensando a lei anche quando l'allenatore finì il suo discorsetto.

«Tra un anno ci sono i Mondiali e so che molti tirano i remi in barca per cercare di arrivarci più freschi. Tu non sei un compagnone, ma hai sempre fatto il tuo. Mi raccomando, continua così.»

E che altro potevo fare?

Le regole di ingaggio di Anna erano ferree, come il suo programma per l'estate. Sarebbe rimasta a Milano fino al primo di agosto, poi sarebbe partita per quindici giorni di vacanza con la famiglia su un'isola greca di cui non avevo voluto neanche conoscere il nome. Me l'aveva detto e l'avevo subito cancellato. Quindi avrebbe trascorso il resto del mese a Marina di Pietrasanta.

Durante la sua permanenza a Milano, potevo chiamarla o scriverle dei messaggi dalle nove del mattino alle diciotto, salvo contrordini e weekend esclusi. Durante le vacanze in Grecia e in Versilia mi avrebbe cercato lei, quando avesse avuto un momento libero.

«Tu non provarci, se prima non ti faccio uno squillo io. Niente follie.»

«Ti sembro uno capace di farle?»

Anna mi aveva fissato seria: «Sì».

Non l'avevo presa come un'esibizione del suo potere su di me, ma solo del potere di quello che c'era tra di noi e di cui lei era più consapevole di me.

Un mese e mezzo senza Anna. All'inizio credevo che, abituandomi alla lontananza, avrei smussato gli angoli più acuti del dolore. Niente da fare. Così, mi aggrappai alla speranza che accadesse qualcosa. Accadde.

Nel programma che ci consegnarono era improvvisamente spuntata un'amichevole a San Siro con una squadra britannica, prevista quindici giorni dopo l'inizio del ritiro.

«L'ha voluta lo sponsor che abbiamo in comune» spiegò il capitano, sempre bene informato, «altri soldi che entrano nella cassa del club.»

Dopo la partita, prevista di giovedì, avremmo avuto la notte e il mattino libero.

«Ma se vedo che lavoriamo male in questo periodo annullo tutto» minacciò l'allenatore.

Io m'impegnai a morte, trascinavo il gruppo. Volevo quella mattinata libera. I compagni mi studiavano come se fossi un alieno uscito da un baccello dell'invasione degli ultracorpi.

Chiamai Anna.

«Non mi dire che non possiamo vederci.»

«Non te lo dico, ho voglia di vederti.»

Passai ogni istante che ci separava dal nostro nuovo incontro con una frenesia che mi consumava.

La sera della partita non riuscivo a stare fermo. Non guardavo neanche gli avversari. Partivo come un invasato e crossavo. Feci due assist. Dopo dieci minuti del secondo tempo l'allenatore mi sostituì. C'erano almeno diecimila persone a San Siro e tutte fischiarono lui e applaudirono me. Avrei fischiato anch'io. Preferivo continuare a giocare. Avanti e indietro sulla fascia il tempo passava più in fretta. Lo confesso: avevo pensato che la storia con Anna condizionasse il mio rendimento. Invece non mi ero mai sentito così bene.

Quando passai davanti alla panchina, uscendo, l'allenatore mi diede una pacca sulla spalla: «Apprezzo l'impegno, ma non esageriamo. Tieniti qualcosa anche per le partite vere».

Il fatto era che il marito di Anna era andato a Roma per un paio di giorni, e la mia notte di libertà aveva coinciso con una notte di libertà di Anna. Che stava aspettando a casa mia.

Rivederla, riabbracciarla, fu come lo sciogliersi di una paura irrazionale. Ci prendemmo il tempo di gustare quel nostro ritrovarci. Anna mi preparò degli spaghetti pomodoro e basilico, un'insalata. Aveva comprato formaggio francese e una bottiglia di vino.

«Ho voglia di una doccia, la fai insieme a me?» mi propose quando arrivai a casa, dopo che l'avevo stretta e baciata sulla porta.

Quando, infine, mangiammo era ormai notte fonda. Lei si era messa una delle maglie da gioco che collezionavo, alcune mie, altre di avversari con cui avevo fatto scambio a fine gara. Le piaceva indossarne sempre una diversa, quando veniva da me, dopo che avevamo fatto l'amore. Le piaceva che le raccontassi in che partita l'avevo messa, in quale città, come avevo giocato. Quella sera era toccata una maglia dell'Ajax. L'avevo barattata con la mia ad Amsterdam, una notte di qualche anno fa.

«Che partita era?» mi chiese Anna.

«Una di Champions League.»

Poi non dissi più nulla. Restai lì, come folgorato da qualcosa.

«A cosa pensi?»

Guardai Anna, cercando di sorridere.

«Pensavo che la Champions League torna a settembre. Proprio come te.»

34
COME FACCIAMO?

Anna si arrabbiò moltissimo quella volta che mi intravide mentre mi aggiravo in via Festa del Perdono, davanti all'università, cercando di mimetizzarmi tra gli studenti o di appiattarmi dietro agli alberi.

Era una giornata calda di settembre, di quelle che rappresentano una specie di premio di consolazione per un'estate al di sotto delle aspettative. Spesso vengono, specialmente a Milano, quando agosto si è rivelato una schifezza di mese. E quell'anno lo era stato. E non poco.

Avevamo perfino giocato una delle ormai tante amichevoli che ci toccavano per il contratto, il trofeo non so più cosa, con l'acqua alle caviglie. L'inglese urlava all'arbitro: «Minchia, non è mica la finale di Champions League e sospendila, dài».

Non aveva per niente torto, ma quello non faceva una piega e con la mano ci invitava ad andare avanti. Io saltavo tra le pozzanghere come un bambino, ricordandomi di una partita giocata quando avevo quattordici anni su uno sterrato diventato un lago, in una specie di ansa della provinciale. Mi divertivo a fare la foca ammaestrata, palleggiando di continuo per non far finire la palla nell'acquitrino. A un certo punto feci cinque palleggi di seguito poi tirai senza pensare e segnai. L'allenatore non capiva.

«Mi sembri pazzo, solo un avvertimento: come ti ho già detto, non fermarti alle amichevoli, continua così anche in campionato.»

Nessuno capiva quel mio modo da folle di giocare, da un lato ossessivo come se fossero state tutte partite vere, dall'altro scanzonato come se non me ne importasse nulla. La sintesi era che giocavo benissimo e i giornali sentenziarono che sarei stato uno dei protagonisti del campionato.

Nessuno, naturalmente, sapeva che quello era il mio modo per anestetizzare il pensiero di Anna. Anna in Grecia, Anna con il suo due pezzi bianco che una notte l'avevo costretta a indossare perché volevo immaginarmela anche quando non l'avrei più vista: Anna che giocava con i figli, e questo va bene, Anna tra le braccia di suo marito, e questo andava malissimo.

«Ma c'è un amante geloso del marito? Esiste in natura?» mi chiedevo.

Avrei voluto porre l'interrogativo a Mimì, ma ad agosto lui si rifugiava nel Cilento. Aveva un piccola casa su un promontorio, in un posto spettacolare. Era una specie di leggenda. Mimì ci andava da solo, staccava tutti i telefoni, si rinchiudeva laggiù ad ascoltare il mare e l'opera lirica. Una volta avevo tentato di farmela affittare a luglio e quasi mi aveva messo le mani addosso.

Dunque, agosto era stato bruttissimo, in tutti i sensi. Meglio così, tanto, più che stare ad aspettare una telefonata o un messaggio di Anna, non potevo fare. Mi alzavo che spesso già pioveva, aprivo le persiane (io non sopporto la luce) e stavo lì, a guardare Milano d'agosto con il k-way addosso.

Settembre fu decisamente meglio, perché era tornata.

Quel giorno, quando mi individuò che l'aspettavo davanti all'università, Anna indossava uno dei vestiti che mi piaceva di più, una tunica blu, lunga fino alle caviglie, ma con una bella porzione della schiena scoperta.

Era tornata dalle vacanze abbronzatissima e, la prima volta che l'avevo rivista, il contrasto tra la sua pelle e i capelli biondi mi aveva fatto restare senza parole. Quel giorno aveva una gonna al ginocchio delle sue, strane, bianca con dei disegni blu. O era blu con disegni bianchi? Non ricordo bene, ma ricordo le mie mani che risalivano la sua gonna da sotto.

Ci eravamo sentiti poco e male durante le sue vacanze. Qualche volta mi aveva scritto. Il ritiro era finito dopo una settimana ed eravamo tornati ad allenarci in città. Avevo ripreso la mia vita abituale. Avanti e indietro dal centro sportivo. Quello era il periodo che mi piaceva di più. Poco traffico su tangenziale e autostrada dei laghi, poca gente in giro. Però non c'era neanche Anna.

La sera non uscii mai. Record assoluto. Qualche compagno, perfino l'inglese che alla fine si era rivelato uno che non serbava rancore, aveva tentato di invitarmi fuori a cena. Non ne avevo voglia. Facevo la spesa al supermercato, una vera novità, per me. Di solito al kit alimentare minimo per la sopravvivenza (latte fresco, yogurt, biscotti, caffè, scatolette, pasta) provvedeva la donna delle pulizie. Ma in quell'agosto da single non per scelta, per costrizione, cominciai a prendere qualcosa di più, qualche ingrediente per un sugo, del pesce, un arrosto. Con cautela e accurato studio provai a cucinarmi qualche piatto da me.

Una sera avevo invitato Giacomo, che aveva chiuso il portone, oscurato il gabbiotto e si era messo in ferie, pur restando, come ogni agosto, a Milano. Di giorno passava il tempo a compilare la settimana enigmistica nel fresco del suo mini appartamento, mentre alla sera lo sentivo fischiettare nella via mentre si avviava alle serate danzanti al parco. Eravamo gli unici due inquilini presenti nella settimana di ferragosto e nessuno dei due amava uscire di giorno.

Fu veramente un periodo strano. Quando stavo con la gente mi sembrava di scoppiare. La mia esistenza si svolgeva più serenamente (insomma, con una parvenza di serenità), quando stavo da solo, quando mi chiudevo in casa. In mezzo ad altri esseri umani mi sembrava che nulla fosse minimamente vicino, a livello di sentimenti, di positività, di entusiasmo, a quello che mi dava Anna.

Riuscivo a sopportare meglio il tempo, che non passava mai, quando giocavo a pallone o mi allontanavo dal gruppo. Solo che ad agosto, per un calciatore, i momenti liberi sono rari. Saltavamo da una città all'altra, a disputare amichevoli. E tornavamo sempre di notte, in aereo se eravamo lontani o in pullman se la distanza da coprire non era molta. Sia nel bus che nell'aereo erano in pochi a parlare. I più dormivano. Io no, naturalmente. Guardavo fuori dal finestrino con gli occhi sbarrati.

Anna tornò il primo settembre, verso l'ora di pranzo. Mi era venuta una mezza idea di andare a Malpensa per vederla, ma se l'avessi fatto e mi avesse scoperto, avrei passato qualche momento dimenticabile. Ad Anna piacevano le sorprese, ma non di questo tipo, non con tutta la sua famiglia appresso. Mi mandò un sms appena atterrata e ci incontrammo, verso sera, in un bar scelto da lei, in una piazzetta non tanto frequentata, dietro la darsena. C'era un supermercato, un piccolo parco con qualche albero e delle panchine, qualche negozio e questo bar d'angolo che faceva anche da tabacchino. Così Anna si poteva comprare le sigarette.

«Se vuoi ci vediamo domani con più calma. Oggi non posso stare tanto» mi disse al telefono.

«Un poco oggi, tanto domani.»

«Mi sei diventato filosofo in un mese?»

«No, sono diventato quasi scemo.»

«Piccolo, mi sei mancato enormemente.»

«Non dirlo a me.»

E così riprendemmo. Con una differenza sostanziale, almeno per me che non avevo due figli: io pensavo sempre a quando eravamo stati come marito e moglie e di quel periodo provavo fitte feroci di nostalgia. Per cui cercavo di sfruttare ogni momento per vederla, anche andando a prenderla davanti all'università, come feci quel giorno. Anna si arrabbiò moltissimo, a volte mi bacchettava per le mie fughe in avanti. Però capiva. Così, a patto che non le facessi più simili improvvisate, escogitò qualche sistema alternativo per vederci.

Diventai, agli occhi della gente, un calciatore dal volto umano. E tutto per Anna.

35
IL VOLONTARIO

Lo confesso: all'inizio lo feci solo per lei, per approfittare di ogni istante in cui potevo starle vicino. Anna era molto coinvolta con quella parrocchia di via del Turchino, dove ci eravamo conosciuti. Non era la sua chiesa, ma il prete, quello che avevo conosciuto e disprezzato (ora me ne vergognavo, pensai anche di confessarlo ad Anna per fare pubblica ammenda), era stato curato in quella di Anna e lì si erano conosciuti. A un certo punto lo promossero e lo inviarono in via del Turchino. Anna era molto legata a lui, gli piacevano le sue omelie, ma soprattutto come parlava ai bambini.

«È bravissimo con i bambini, con le famiglie, con tutti. Però con i bambini di più.»

«Meno con la doccia» mi scappò.

Ahia, pensai, ora Anna mi tira qualcosa. Invece lei ridacchiò.

«Eh sì, e non è neanche questione di tempo. Don Pietro è rimasto bambino, di quelli che contrattavano con i genitori il giorno settimanale per la doccia. L'acqua non gli piace. Neanche da bere.»

Non mi sembrava che Anna frequentasse molto la chiesa. Più che altro era affezionata a questo prete. Comunque i suoi figli partecipavano alla vita dell'oratorio, andavano a catechismo, ricevevano i sacramenti. Però nella parrocchia più vicina a casa, nella zona dov'erano cresciuti. Loro non si erano trasferiti con il prete, sebbene Anna avesse tentato di iscriverli alle attività di via del Turchino. I due bambini avevano opposto una fiera resistenza. Tutti i loro amici andavano vicino a casa.

Anna aiutava molto il prete con idee e iniziative. Era lei che aveva organizzato l'incontro in cui ci eravamo conosciuti, era lei che aveva contattato lo sponsor (un'azienda di bevande gassate) e, tramite questo, la nostra società. Così mi tirò dentro nuovamente.

«Ho capito perché ti sei messa con me, per avere un calciatore famoso quando e come vuoi. Basta fischiare e lui corre. Non è così che funziona?»

«Quanto sai essere pirla, quando ti ci metti.»

Anna non aveva traccia del suo teorico accento toscano. Troppe contaminazioni. Parlava un italiano privo di qualsiasi inflessione dialettale. A me piaceva la sua voce, il tono, il suono, mi intrigavano quei vezzi linguistici che le erano rimasti dai tanti posti dove il girovagare del padre l'aveva condotta. Quando le scappava qualche "bischero" mi divertivo moltissimo.

Era ricominciato l'anno sociale. Milano era di nuovo trafficata, congestionata. Con una dose di pazzia continuavo a usare la moto. Ero riuscito a ottenere in "affitto" lo sgabuzzino dove l'avevo parcheggiata durante l'estate. Il proprietario, uno dei miei sconosciuti vicini, aveva un nipote tifoso della mia squadra. Con una maglia autografata (un classico) mi ero conquistato la sua riconoscenza e l'autorizzazione a utilizzare lo sgabuzzino. L'affitto lo pagavo in gadget: cappellini, felpe, un pallone.

«Lei mi ha salvato la vita. Sa, io di calcio non capisco nulla, ma ho solo questo nipote e lui è un fanatico. Non so mai cosa regalargli. Quando gli ho fatto il suo nome come mio vicino di casa, di colpo sono diventato lo zio preferito.»

La moto mi serviva. I miei incontri con Anna scorrevano sempre sul filo di un equilibrio di tempi e spazi che mi rendeva inquieto. Duravano troppo poco, ne avrei voluti di più. Ma evitavo di diventare ossessivo.

«Tu, tra di noi, sei quello senza vincoli. Hai il tuo lavoro e basta. Io ho il mio lavoro, ma anche i miei figli. E mio marito» mi diceva Anna.

«Tuo marito?»

La cosa mi disturbava.

«Sì. Anche se può sembrarti difficile da capire, con lui devo mantenere un rapporto. Altrimenti tutto potrebbe esplodere e io adesso non sono pronta. Non voglio.»

Io prendevo quello che mi dava, perché non potevo fare altro. Non avrei pensato che un essere umano, non dico una donna, dico proprio un essere umano, mi avrebbe potuto dare tanto. In emozioni, sensazioni, profumi. Vita. Per cui, quando mi chiese di ritornare in parrocchia, anzi, di aiutarla a organizzare una serie di incontri, non esitai ad accettare.

Don Pietro voleva rifare l'oratorio, veramente messo male, come ricordavo. Aveva bisogno di denaro, ma quella non era una zona ricca. Pensai di staccare un assegno. Ma Anna non mi aveva chiesto quello. Non voleva soldi, voleva me, voleva che mi coinvolgessi.

«Don Pietro vuole lanciare una sottoscrizione tra i parrocchiani. In quel quartiere non c'è gente ricca, ma io voglio coinvolgere persone che conosco, allargare il giro. Pensavo che potremmo fare una festa per dare il via all'iniziativa e tu potresti essere l'ospite d'onore.»

«Va bene. Comunque un'offerta la posso fare. Qualcosa da parte ce l'ho.»

Anna mi carezzò la guancia: «Lo so piccolo, immagino che potresti comprarti la chiesa se volessi».

«È un'idea. Potrei diventare il primo calciatore che possiede una parrocchia.»

Ridemmo insieme, quel tardo pomeriggio di ottobre, nel minuscolo bar della piazzetta dietro la darsena. Mi piaceva stare lì con Anna, mi confortava essere arrivato all'autunno con lei. Ogni giorno mi sembrava irripetibile, come un regalo che mi veniva fatto e forse non meritavo. Insomma, dentro di me c'era sempre una vena sottile, ma presente, di timore. Come se la nostra storia potesse sparire da un momento all'altro.

Una sera don Pietro ci invitò a cena.

«Cucina lui?» domandai, spaventato, ad Anna.

«Avrai delle sorprese» mi rispose, con atteggiamento cospiratorio.

Mi presentai con le mie due solite bottiglie di champagne, timoroso di fare una brutta figura. Magari si attendeva altro, qualcosa di meno carnale. La casa del prete era in una palazzina che sorgeva accanto alla chiesa. Si raggiungeva la canonica con un passaggio sopraelevato che portava all'organo e da lì si scendeva nella navata di destra. Il prete la chiamava così, anche se non era una vera e propria navata. Non c'erano colonne a delimitarla, ma solo una fila di panche. La faccenda delle navate me la spiegò Anna, la mia fidanzata professoressa.

Don Pietro ci accolse sporco e felice come sempre. Indossava un maglione blu chiazzato di macchie non identificate, sopra una camicia di flanella con mezzo colletto fuori. Anna glielo sistemò con un gesto di confidenza che non mi provocò alcuna gelosia, piuttosto una trafittura di tenerezza per questa donna capace di piccole grandi attenzioni.

«Champagne? Urca. Grazie, mi piace da matti. Una volta un mio parrocchiano me ne regalò una bottiglia.»

Mise in frigo le bottiglie. La cucina era straordinariamente pulita. Sui fornelli c'erano diverse pentole e, al centro, un wok, il classico pentolone orientale. Don Pietro ci condusse attraverso il passaggio a guardare la chiesa dall'organo.

Da quanto tempo non andavo a messa? Sperai che non me lo chiedesse. Intanto cercavo di ricordare.

Don Pietro mi fece molte domande, su di me, sulla mia famiglia, ma quella non me la fece.

La cena fu deliziosa. Erano piatti thailandesi, filippini, cinesi. Lo champagne si accompagnava benissimo ai noodles e alle altre portate. Ero veramente sorpreso.

«Ma dove ha imparato a cucinare?»

«In Oriente. Ci sono stato diversi anni, in missione. In Thailandia, in Giappone, nelle Filippine, soprattutto. Mi piace cucinare. Da ragazzino avevo due sogni riguardo a quello che avrei voluto fare da grande. Il cuoco e... prova a indovinare?»

«Il calciatore.»

«No. L'arbitro.»

36

CI PORTI ALLO STADIO?

Non fu quel sabato che pensai alla possibilità di avere un figlio. Successe neanche un mese dopo l'inizio della mia storia con Anna.

E gliel'avevo detto.

Mi ricordo ancora il momento. Eravamo stati a casa mia, poi, nella notte, l'avevo riaccompagnata, sotto un violento temporale di giugno. Avevo preso il fuoristrada. Le strade erano piene di pozzanghere e ogni tanto sollevavamo getti d'acqua. Anna rideva. Rideva sempre quando s'infilava in quell'auto. «Veramente esagerata.»

Mi aveva baciato e poi era corsa via, sotto la pioggia, verso il suo portone. Non mi era venuto in mente di passare dal garage. O forse Anna ci aveva pensato e aveva concluso che il macchinone non ci sarebbe entrato.

Non appena se ne fu andata io, fermo giù in strada, con la pioggia che sembrava sfondare il tetto dell'auto, le mandai un sms.

Ti potrà sembrare folle, ma io con te un figlio lo farei.

Anch'io. Tu mi leggi nel pensiero.

La sua risposta fu una delle più veloci nei nostri scambi di messaggini.

Da quel giorno, ogni tanto immaginavo. Io e Anna insieme, una casa, una famiglia. Lei avrebbe portato i suoi bambini e noi avremmo avuto il nostro, magari più di uno. Una notte di agosto, di quelle in cui mi sentivo più demolito dalla sua assenza mi misi a girare per la casa, accesi tutte le luci e cominciai a misurare, a vedere come si potevano ridisegnare gli ambienti per creare tre stanze per i tre ragazzi, i due che Anna già aveva e quello che sarebbe arrivato. E lo feci, proprio io. Presi dei fogli e m'inventai una nuova redistribuzione degli spazi.

Alla fine, giunsi a questa conclusione. Se si fosse decisa a venire a vivere con me, avrei venduto quella casa e ne avrei comprata un'altra. Sì, si trattava di due vite diverse e, anche se con Anna lì eravamo stati felici, un'esistenza vera di coppia, io e lei insieme, necessitava di un altro luogo. Di un luogo nostro.

Quella notte, dopo quella prova da architetto dilettante, mi misi in testa che l'indomani avrei chiamato il tale della casa per affidargli il compito di cercarmi un appartamento con molte stanze. Magari una villa.

Poi mi addormentai. Il giorno dopo, come tante di quelle mattine di agosto, mi svegliai senza Anna e senza la forza di dar seguito a quei miei entusiasmi notturni.

Quando ritornò e riprendemmo le nostre vite separate, intrecciandole con la vita insieme, quando ricominciò il nostro equilibrismo amoroso, non affrontai l'argomento. Ogni tanto le buttavo lì, provocatoriamente (ma non troppo), un "quando andiamo a vivere insieme?", e lei mi sorrideva, per nulla scocciata, anzi. Perché sapeva che quel desiderio era comune e che non l'avrei mai spinta in una situazione in cui non avrebbe avuto scelta.

«Chiedimelo tra un po'» e anche quella non era una battuta.

Così vivevamo quella nostra storia che, come Anna mi disse una volta, "se la vedessero gli altri con i loro occhi non avrebbero lo stesso nostro giudizio, ma per me è una storia bellissima".

Il passo successivo a quello di sfruttare tutte le occasioni in cui potevamo stare insieme da soli fu quello di cominciare a frequentarci anche in mezzo agli altri e poi, addirittura, con la sua famiglia, con i suoi bambini e suo marito presenti. All'inizio mi sembrò una follia, ma poi mi adeguai, perché anche quelli erano momenti con Anna.

Da quell'invito a cena, a maggio, non avevo mai più rivisto suo marito. Lui non l'avevo mai visto alle iniziative di solidarietà che Anna organizzava con don Pietro. Anna mi parlava poco di lui.

«Si dice ateo senza possibilità di ritorno e in questo ha una sua coerenza, ma ha anche rispetto per me e per le cose che faccio.»

Per cui rimasi sorpreso quando lo incontrai al grande lancio della sottoscrizione per il nuovo oratorio.

Anna e don Pietro avevano fatto le cose in grande. Avevamo stabilito di organizzare il rinfresco dell'iniziativa un venerdì alle diciotto. La data era stata scelta con cura: ero certo che quella settimana non avrei avuto impegni.

Non faceva freddo, anche se era tardo pomeriggio. Era un ottobre molto mite e quella era una bellissima giornata, limpida, tiepida, quasi estiva.

Avevano sistemato il palco e tutto il resto sullo spelacchiato campo da pallone dell'oratorio, quello che, nell'idea di don Pietro, sarebbe diventato di erba sintetica. Mi aveva mostrato i dépliant della ditta che la produceva.

«Fantastica, ha bisogno solo di una minima manutenzione. Resistente, antiscivolo, antistruscio.»

«Fa anche il caffè?»

Il prete aveva riso: «Spiritoso, bene».

MARCO DE GRANDIS DÀ IL PRIMO CALCIO PER L'ORATORIO, TIRA ANCHE TU CON LUI recitava l'immenso striscione sopra le nostre teste.

Venne una bella festa. Ormai, dopo le due esperienze precedenti, ero abituato ai bagni di folla, ai bambini petulanti, alle mani sudate, ai foglietti di carta striminziti su cui firmare con uno svolazzo, alle foto con i telefonini, a quelli che volevano una maglia, come se avessi sempre il cofano dell'auto pieno.

Don Pietro – stranamente vestito in modo presentabile, con tanto di abito talare nuovo – mi aveva accompagnato nel cerchio di centrocampo e mi aveva fatto dare un calcio a un pallone che aveva stoppato con buona tecnica.

Prima aveva parlato lui (abbastanza). Poi io (il minimo indispensabile). Infine era cominciata la festa. C'era un tizio che preparava il barbecue, un bar, diverse bancarelle di artigianato per cominciare a raggranellare qualcosa.

Io cercavo Anna con lo sguardo. Lo facevo sempre quando ci trovavamo in queste situazioni, in mezzo agli altri. Il bello era che, quando la trovavo, anche lei stava cercando me.

Stavo facendo così anche quella sera, ma non riuscivo a trovarla. Continuavo a girarmi da una parte e dall'altra e a un certo punto mi trovai a trenta centimetri dalla faccia di Davide.

Indossava una giacca di fustagno marrone e un paio di pantaloni verdi di velluto a coste. La sua classica tenuta autunno-inverno, almeno secondo i racconti di Anna. Aveva i capelli neri più corti di quando l'avevo conosciuto e, cosa che allora non avevo notato, un inizio di calvizie.

Mi sorrideva.

«Come va? Anna mi parla tanto di te.»

Deglutii, cercando di assumere un'espressione sorridente ma neutra. Lui continuò.

«Dice che sei molto generoso, che ti sei buttato in questa iniziativa senza riserve.»

«Insomma, faccio quello che posso.»

«No, no. Fai di più. Sai, io non sono un appassionato di football» disse proprio così, football, «l'avrai capito, ma apprezzo molto quello che fai. Come Anna.»

«Grazie, lei è veramente il motore di tutto.»

«Già, fin troppo.»

Lo disse come se apprezzasse l'attivismo di sua moglie, ma desiderasse un coinvolgimento minore.

A me quell'uomo, istintivamente, non stava antipatico.

Non avevo niente contro di lui, contro i professori di latino e greco, contro le giacche di fustagno (fu il tessuto della mia prima giacca, blu, alla cresima: mi grattai per tutta la funzione). Come la prima volta, mi sembrava che non fosse un amicone, uno che si gettava nei rapporti, ma neanche io lo ero.

Però parlargli, così, del più e del meno, senza sentirmi squassato dal pensiero di sua moglie, di noi, di lui, mi stava facendo aumentare la traspirazione. Per me Davide era un'astrazione, l'idea di un corpo di cui ogni tanto ero geloso, non un uomo in carne e ossa con cui fare due chiacchiere, non un essere umano che privavo di qualcosa a sua insaputa.

Lui continuava, imperterrito.

«Per cui, mi dispiace un po' seccarti, ma ho un favore da chiederti. I miei figli, come sai, sono tuoi grandi tifosi. Lo erano già prima che tu regalassi loro le maglie, ora di più.»

Dove voleva andare a parare? Mi preoccupai. Si guardò intorno, per vedere se c'era qualcuno abbastanza vicino da sentirlo.

«Non è che ci porteresti allo stadio, un giorno o l'altro? Oppure, se non puoi, ci procuri i biglietti? A pagamento, naturalmente. Ma io questi due ragazzini li devo accontentare.»

Fu così che andai allo stadio con il marito e con i figli della donna con cui avevo una relazione.

Ma succede così nelle altre storie?

37
HAI MAI FATTO PIEDINO?

Io sono abbastanza corretto. Nel mio mestiere, parlo come giocatore di calcio, non della mia storia con Anna. Immagino che, da una prospettiva diversa dalla mia qualcuno potrebbe giudicarmi scorretto, qualcuno avrebbe tutti i diritti di definire il mio rapporto con Anna "un adulterio", ma a me non sembrava. Io non lo vedevo così. Per me era solo una storia d'amore: non esistevano altri modi possibili per definirla.

Riguardo alla correttezza, in campo io faccio pochi falli e prendo poche ammonizioni. Sono un'ala destra, anzi un esterno destro di centrocampo, nel linguaggio del calcio moderno. Tendo ad attaccare molto e a difendere meno, anche se abbastanza da ricevere complimenti e buone pagelle. In genere, quindi, non mi ammoniscono spesso. Però, quell'anno, giocavo in preda alla frenesia, per via di Anna e del fatto che così riuscivo a estraniarmi dal mio pensiero dominante almeno per novanta minuti più recuperi. Per cui mi scappò qualche fallo di troppo. Non cattivi, solo derivati dal mio nuovo modo di giocare, che entusiasmava tanto l'allenatore e i tifosi, ma mi procurava dei cartellini gialli. Così finii in diffida. Il diffidato, alla prima ammonizione, riceve un turno di squalifica. E accadde proprio questo.

La partita che dovevo saltare era facile, in casa contro una squadra mediocre.

Quindi non era programmata di sera, ma di domenica alle tre del pomeriggio.

Alla festa per il nuovo oratorio, Anna mi aveva visto discorrere con suo marito. Mi aveva raggiunto solo mentre me ne stavo andando via, dopo che avevo salutato don Pietro. Sorrideva e mi aveva teso la mano, efficiente e fintamente distaccata. All'apparenza formale, come l'organizzatrice dell'evento doveva essere, in realtà in piena paranoia come solo ad Anna capitava in certe situazioni.

Era agitatissima, infatti.

«Cosa succede, di cosa parlavate?»

«Mi ha chiesto se lo porto allo stadio con i bambini.»

«Non ci credo.»

Anna aveva spalancato i suoi occhi chiari e a me venne voglia di baciarla lì, davanti a tutti, per la sua incredulità, perché era lei.

«E invece sì. Pare che i tuoi figli gliel'abbiano chiesto e allora ecco qua, lo zio» calcai la parola «calciatore porterà tutti allo stadio. Naturalmente sei invitata anche tu.»

«Naturalmente tu sei fuori. Non ci penso neanche e poi come fai a portarli allo stadio se giochi?»

Ma io sapevo che sarebbe capitato un giorno in cui non avrei giocato, magari per un infortunio (non troppo grave, mi auguravo). O per una squalifica (meglio), come nel caso in questione. Non lo feci apposta, io sono un vero professionista, ma successe. Tutto qua.

Anche se Anna non mi credeva, io ero convinto di dover onorare la parola data a Davide. Coda di paglia? Senso di colpa? Mi assolsi: lo facevo per i bambini, per Antonio e Laura.

Per non fare arrabbiare Anna, però, chiamai prima lei, avvisandola.

«Ho preso i biglietti. È per domenica, andiamo tutti insieme.»

Mancavano due giorni alla fine di ottobre, ma non faceva ancora freddo e il tempo si manteneva buono. Erano delle giornate serene e in quei giorni rimpiangevo di non stare più in alto, in qualche casa con terrazzo da cui poter vedere le Alpi. Non che avessi mai fatto molto caso al panorama, ma da un po' di tempo mi intrigava l'idea di stringere Anna davanti a un bel tramonto, alla finestra di una camera con vista. Anche la scenografia era entrata nella mia vita.

Anna, di quella storia della gita allo stadio, se n'era dimenticata. O aveva evitato di tornarci su.

«Non dirai sul serio? Mio marito non ne parla neanche più. Lascia stare.»

Ma io ero determinato.

«Ho dato la mia parola.»

«E capirai... ma per favore. Non sei obbligato.»

«Lo sono, dài, che problema c'è?»

«Io non vengo.»

E invece venne e la cosa mi piacque. Perché ogni volta che vedevo quanto desiderasse stare con me, anche in situazioni assurde come quella, ero felice. Certo, mi provocava sentimenti contrastanti. Io, suo marito e i suoi figli tutti insieme. Da un lato pensavo solo ad Anna, dall'altro mi sentivo in un difficile equilibrio.

Li passai a prendere con il fuoristrada. Antonio e Laura indossavano le maglie che avevo portato la sera della famosa cena. Anna aveva un paio di pantaloni neri e degli stivali. Mi salutò cordialmente, fece una battuta sull'auto ("non te l'hanno ancora rubata?") che mi provocò un inequivocabile gesto scaramantico e s'infilò dietro con i bambini.

Davide salì davanti. Durante il tragitto verso lo stadio mi fece qualche domanda sull'auto. Poi, mi parlò dell'impatto ambientale dei fuoristrada sul traffico e mi confermò nella mia prima impressione. Ci vedevo qualcosa di me. Entrambi non amavamo discorrere di noi stessi, ma lui, avendo strumenti culturali più raffinati dei miei, portava ogni dialogo su argomenti che non riguardavano né lui, né il suo interlocutore del momento. Così appariva un gran parlatore. In realtà, alla fine di una conversazione con lui, non sapevi come la pensava sulla vita in genere. Non esprimeva mai giudizi, dava solo informazioni.

Per i bambini fu una pacchia. Passammo attraverso due ali di folla che aspettava la squadra e ci infilammo nella rampa per il parcheggio. Grazie ai vetri scuri non vedevano chi c'era dentro, però tutte le persone cominciarono a urlare quando capirono che, nell'auto, c'era un calciatore. Antonio e Laura erano eccitatissimi. Posteggiai accanto a una Jaguar da cui scese la moglie del presidente. La presentai ad Anna e Davide.

I ragazzi andarono avanti, seguiti dal padre.

Anna restò accanto a me. Cercai di sfiorarle la mano. Fece quasi un salto.

«Sei matto? Approfitto per dirtelo, serietà e distacco, please.»

Fu divertente, tutto sommato. C'erano i bambini a distrarci, ad alleggerire la situazione tra me e Anna.

Anna prese un calice di prosecco al buffet della zona vip, Davide mangiò qualche tartina, Antonio e Laura fecero man bassa di patatine e Coca-Cola. Poi andammo a vedere la partita. Anna e io cercavamo di parlare normalmente, come fossimo solo i due organizzatori di un'iniziativa benefica.

Anna diede il meglio di sé con il presidente che si avvicinò a noi nell'intervallo. Le promise di aiutare la parrocchia di via del Turchino nel progetto stadio. Lei, contrariamente a quanto annunciato, mi sfiorava spesso. Io sapevo che non erano gesti casuali. Quando cominciò la partita Antonio e Laura mi misero in mezzo. Laura mi teneva la mano e io talvolta le accarezzavo i capelli. Antonio mi chiedeva notizie, voleva conoscere i nomi degli avversari, conoscere le regole.

«È fallo?» mi domandava ogni volta che l'arbitro fischiava.

Vincemmo facile, come avevo previsto. Alla fine, prima di tornare al parcheggio, presi i bambini con me e li portai a conoscere il resto della squadra all'uscita dagli spogliatoi. Furono tutti molto simpatici, perfino l'inglese.

«Di', prof, hai messo su famiglia?»

«Prendo lezioni.»

In un certo senso era vero. Una specie di famiglia allargata. Quella sera Davide insistette per offrirmi una pizza. Anna mi aveva sempre detto che era un uomo parsimonioso, uno di quelli che stava attento a ogni spesa e sceglieva tutto ciò che costava di meno, dal cibo, ai vestiti, alle lampadine. Non per avarizia, ma per attenzione alla gestione familiare.

Perciò presi l'invito come un atto di grande generosità da parte sua e non rifiutai. I ragazzini erano stanchi e Laura si addormentò sulle gambe di sua madre. L'avrei fatto anch'io, molto volentieri.

Poi, a un tratto, mentre stavo lì ad addentare l'ultimo pezzo di pizza mi ritrovai con qualcosa che faceva su e giù sulla mia gamba. Guardai Anna e intravidi uno sguardo che per metà era pieno di desiderio e per l'altra metà di malizia. Incurante della situazione in cui ci trovavamo.

A fare su e giù era il suo piede e quando si fermò sul mio ricambiai il contatto.

Questa era Anna.

Più tardi, dopo averli lasciati davanti a casa, ricevetti un sms.

Di', ma non avevi mai fatto piedino sotto un tavolo con una ragazza?

No, a essere sincero.

A volte mi fai sentire come una vecchia nave scuola.

38
NATALE CON I TUOI

Udii distintamente un rumore di pentole che cascavano e pensai al peggio. Quando comunicai a mia nonna che avrei passato il Natale al paese con lei (e presumibilmente con tutto il resto della mia famiglia) temetti che le venisse un collasso.

Era sera e probabilmente rispose dalla cucina, mentre stava sbrigando le faccende.

Rimase in silenzio per quasi un minuto. Sentii che risistemava le pentole. La nonna, impagabile.

«Davvero? Ma vieni qui veramente?»

Non ci credeva. Non potevo darle torto. Da quando mi ero trasferito a Milano, cioè da sette anni, ero tornato a casa solo il primo Natale. Per l'intera stagione calcistica, quell'anno avevo sfruttato quasi tutte le mie giornate libere per correre a casa. Prendevo l'aereo e facevo venire mio fratello a prendermi a Fiumicino. Faticavo ad ambientarmi. All'inizio Milano mi sembrava fredda e poco ospitale. Adesso, con lo sguardo che mi aveva regalato la mia storia con Anna, potevo più correttamente sostenere che mi ero ambientato solo da quando avevo incontrato lei, che l'avevo scoperta attraverso i suoi occhi.

Anche quando avevo smesso di tornare al paese con la frequenza di prima, non avevo mai considerato Milano la mia città, ma un posto dove stavo, dove esistevano dei punti di riferimento che giudicavo accettabili per dare stabilità alla mia vita. Tutto qua.

Quindi, sarebbe potuto sembrare contraddittorio che, proprio quando era arrivata Anna, io decidessi di abbandonare le mie vacanze ai tropici o in montagna (un anno ero stato con una tizia a Saint Moritz, ma senza mai vedere una manciata di neve) per riabbracciare mia nonna almeno a Natale. Ma non era così. In tutti quegli anni, in mia vece, per le feste le spedivo un furgone di regali che lei accettava con la solita frase: «Grazie, ma il più bel regalo che puoi farmi sei tu che vieni».

Da quando avevo acquistato e fatto ristrutturare il palazzotto, mia nonna preparava il presepe lì, come se ci abitasse qualcuno, poi, però, il pranzo di Natale era a casa sua. Io, il suo presepe, che poi era per me, non l'avevo mai visto.

«Sì, nonna, quest'anno vengo.»

«Oh Madonna, allora bisogna organizzare.»

«Eh sì, ravioli, agnello, le tue specialità. Agli antipasti e ai dolci penso io.»

«Stai da me?»

«Sì, da te nel palazzo.»

«Allora dovrò accendere il riscaldamento, sistemare le stanze.»

Stava già programmando la festa. Sapevo che sarebbe stata perfetta.

Non era ancora sicura, sentii un sospiro al telefono.

«Ma non è che all'ultimo non vieni?»

«No, vengo.»

Sì, sarei andato volentieri, ma avrei preferito stare da solo con lei. In quei mesi mi ero "addolcito" anche nei confronti di mio fratello e delle mie sorelle, ma mi sarebbe piaciuto un Natale con lei e basta. Quello che la nonna non sapeva era che Anna e suo marito mi avevano invitato a trascorrere il Capodanno da loro. Il padre di Anna possedeva una casa in montagna, ad Asiago. Era un posto che non conoscevo.

«Sei troppo giovane per il *Sergente nella neve*» aveva sentenziato Anna.

«Cos'è?»

«Un libro, bello.»

Lo segnai. Mi segnavo tutto quello che mi indicava.

«La casa è enorme» mi aveva spiegato, «tutti gli anni mio padre riunisce parenti e amici e fa arrivare le vettovaglie il giorno stesso da un ristorante di Lucca. Una ventina di persone.»

«E mi stai invitando?»

Mi sembrava un altro punto di follia di quella nostra storia, in cui avevo cominciato a interpretare veramente (mai battuta fu più profetica) il ruolo dello zio.

«No, ti invita mio padre. Grazie ai miei figli, a me e anche a Davide sei diventato una specie di leggenda familiare. Tutti ti vogliono conoscere.»

«Allora vengo.»

«Però...»

«Sì, tengo le mani a posto, mi controllo.»

Anna rise. Ormai sfiorarci, fare piedino sotto il tavolo, cercarci con sguardi e parole mute era diventato il nostro gioco. Un gioco pazzo, ma che ci sembrava irresistibile, come tutto il resto, come vivere il nostro amore in mezzo agli altri, alla sua famiglia. Come se non ne potessimo fare a meno, come se fosse giusto così.

Perciò, quell'anno, niente vacanza esotica. L'inglese, che non era poi così vendicativo, aveva ripreso a parlarmi. Anche perché gli altri compagni, dopo anni, non lo sopportavano più e lo scansavano. A me, malgrado tutto, continuava a non stare antipatico. Da quando c'era Anna non mi stava più antipatico nessuno.

«Di', prof, che fai a Natale?» mi chiese, un giorno che stavamo da soli nella sala del caminetto.

«Vado al paese.»

«Tu per me c'hai una, prof, non sei il solito da qualche mese a questa parte, anzi, da quando mi hai dato buca per Formentera.»

Gli sorrisi, mi alzai dal divano e, passandogli accanto, gli diedi una pacca sulla spalla: «La sai lunga, tu».

«Però se cambi idea, io vado alle Maldive» mi urlò mentre uscivo dalla sala.

Non cambiai idea, andai da mia nonna e passai una bellissima giornata. Era il primo Natale con Anna. Il 23 dicembre ci eravamo visti e scambiati i regali, sotto l'albero (finto) che la donna delle pulizie tirava fuori ogni anno per Sant'Ambrogio e faceva sparire, con puntualità, il 7 di gennaio. «A casa mia si è sempre fatto così.»

Io le avevo comprato un maglione di cachemire e alcuni libri che le piacevano. Non potevo esagerare, come avrei voluto, con i regali. Lei mi fece trovare un casco per la moto.

«Qui c'è incitamento al reato» le sussurrai prima di baciarla.

Anna festeggiò il Natale a Lucca, a casa dei suoi. Ci sentimmo un paio di volte, quel giorno, quando lei riuscì a liberarsi di parenti e bambini.

«Vorrei essere con te, ma con te veramente. Mi capisci.»

«Sì.»

Mia nonna, quando restammo da soli nel grande salone, seduti vicini sul divano di un designer famoso, che lei si ostinava a coprire con un telo per paura di sporcarlo, mi guardò. Mi studiò.

«Hai una ragazza?»

«Perché me lo chiedi?»

Con lei non avevo mai parlato di quell'argomento. Ragazze, donne, amore. Non erano discorsi da nonna. Lei guardò la pendola sopra il camino. Era un oggetto antico, che la nostra famiglia aveva sempre posseduto.

«Vado a dormire. È tardi.» Mi diede un bacio: «Spero per te che sia una brava ragazza».

Poi si alzò e scomparve nel buio del corridoio. Sentii i suoi passi che salivano verso il primo piano.

«Sì, Anna è una brava ragazza» dissi al buio.

Il 26 andai a Roma, a pranzo da Mimì. Anche lui, quando gli avevo detto che mi sarebbe piaciuto vederlo per Natale, si stupì moltissimo. «Qui c'è sotto qualcosa.»

Volevo che venisse al paese. Il pensiero dei ravioli della nonna lo fece vacillare.

«No, guagliò, a Natale sto qua, con gli amici.»

«C'hai un giro?»

«Ma come ti permetti? Vieni il 26, andiamo in un'osteria qui di Prati, che sta aperta sempre. Vedrai, un pranzettino coi fiocchi.»

Lo trovai dimagrito. Temevo che stesse male, ma non dissi niente. Fu lui a rivelarmi che ora, la sua settimana di magrante, la faceva anche prima di Natale.

«Così, poi, mangio più sereno.»

E così fece anche quel giorno. Mangiava e parlava. Verso il dolce si fece improvvisamente silenzioso. Cominciò a fissarmi.

«Senti, a me tu non mi freghi. Cosa ti è successo? A giugno sei stato a Milano, ora non vai in vacanza ma sei a Roma con me e ieri eri da tua nonna. A Capodanno dove vai?»

«In montagna, da amici.»

Mimì si tolse il tovagliolone annodato attorno al collo. Le sue fatiche erano concluse. Dopo il caffè (e l'ammazzacaffè, per lui), uscimmo a fare due passi. Le strade erano deserte. Roma era inondata di luce. Faceva freddo anche qui, ma c'era un'aria pulita che a Milano respiravo pochissime volte. Mimì mi prese sottobraccio.

«Chi è?»

«Prego?»

«Oh, a me non mi fai fesso. Niente vacanze, stai giocando benissimo, come uno che ha fretta di correre da qualche parte. C'hai una donna.»

Uguale alla nonna.

«Sì.»

Mi sembrò incredibile che io, l'uomo meno abituato a raccontarsi a qualcuno, ammettessi proprio la mia storia con Anna. In fondo, a Mimì potevo dirlo. Perché la verità era che da sei mesi speravo di poter parlare a qualcuno di

Anna, di quanto fosse straordinaria. Stavo per farlo, ma Mimì, girando deciso verso il Tevere disse: «Bene, sono contento. Da come giochi dev'essere una gran donna».

«Lo è.»

Restammo in silenzio fino a quando non mi riaccompagnò all'auto.

39

FINIRE AL TAPPETO

Anna mi lasciò un giorno di inizio marzo. Mi ricordo ancora quando se ne andò da casa mia. Rimasi con una serie di sentimenti stropicciati a guardare la pioggia contro le finestre e il settimanale con le nostre foto.

Le foto le fece un cretino con il telefonino.

I telefoni cellulari hanno una loro utilità e questo non è in discussione, ma hanno anche diverse controindicazioni. Tra queste, quella di trasformare chiunque ne sia in possesso in uno spione con licenza di invadere la vita degli altri.

Quando le foto vennero pubblicate su un settimanale specializzato in gossip, pensai che la teoria di quel fotografo sui luoghi dove un personaggio famoso può starsene in pace fosse crollata miseramente. Poi, però, riflettendoci meglio, mi resi conto che le foto non le aveva fatte un professionista (infatti erano una schifezza), ma uno dei tanti voyeur, dei tanti italiani costretti, dalla mediocrità in cui vivono, a spiare quelli più famosi dal buco della serratura.

Ormai questo paese ne è pieno. La teoria del fotografo, in fondo, reggeva.

Una ben pallida consolazione. Non poteva fermare Anna. E non la fermò.

«Come facciamo?»

In quei mesi, ormai più di dieci, questa domanda era diventata il nostro controcanto quasi quotidiano. Io, egoisticamente, potevo rispondere con facilità, non avendo né figli, né legami. Con il tempo, però, avevo smesso di pronunciare le parole: "Vieni da me, ora", perché sapevo che Anna le conosceva già. Conosceva quello che avrei fatto per lei, conosceva quello che provava per me.

Di fronte ai miei silenzi, lei lasciava la soluzione sospesa e non mi offriva più neanche il suo tradizionale: "Aspettiamo".

Io avrei aspettato tutta la vita, malgrado la differenza d'età. Anna, ogni tanto, ci scherzava.

«Ma quando avrò sessantacinque anni e tu cinquanta come faremo?»

«Già faccio fatica a contare i giorni, non arrivo neanche alle settimane.»

Forse, un giorno, l'età avrebbe pesato, ma vivevamo nel momento, eravamo lì, carne e sangue. Il resto non c'entrava. O meglio c'entrava, ma non ci impediva di commettere atti folli, sottilmente autodistruttivi, ma incredibilmente felici, come quello che avevamo vissuto la notte di Capodanno in montagna, nella villa di suo padre.

Voglio fare l'amore con te, stanotte, con la casa piena di gente.

L'sms mi provocò un accenno di singhiozzo, mentre un boccone di pappardelle al sugo di lepre transitava in fondo alla gola. Ero lì, al tavolo del salone della villa del padre di Anna, il signor Giuseppe Mariani. Simpatico, enorme, con un paio di bretelle rosse ("porta fortuna"). Mi aveva accolto, più che come ospite d'onore, come un compagno di bisbocce. Ero arrivato nel pomeriggio e mi aveva costretto a seguirlo in cantina, nella sua formidabile enoteca alpina, a tagliare salame e formaggio (Asiago, naturalmente) e a bere vino rosso frizzante, un lambrusco, se ben ricordo.

«Roba da pomeriggio, poco più di acqua minerale» mi disse, stappando la bottiglia.

Conobbi la sorella di Anna. Mi parve bella, ma non ci

feci molto caso e lei non fece caso a me: stette tutto il tempo a rincorrere due pestiferi gemelli. Davide mi parlò di cinema, uno dei suoi tradizionali argomenti neutri che a me andavano benissimo. Scoprii, e fu una sorpresa, che le "bone" dello schermo non lo lasciavano indifferente. Quando gli raccontai che conoscevo una certa attrice, non bene, ma abbastanza da avere il suo numero di telefono, credetti, per qualche istante, che me lo chiedesse.

A tavola, dunque, mi arrivò l'sms di Anna. Pensavo che scherzasse, che fosse una delle sue fughe in avanti, ma quando, verso le cinque del mattino, la porta della mia stanza si aprì e me la trovai lì capii che non scherzava per niente.

Fu una cosa azzardata, priva di logica, e ripensandoci, non capivo perché Anna, due mesi dopo, ai primi di marzo, mi stava lasciando per due foto su un settimanale.

«Non ti sto lasciando» ripeteva lei, seduta sul divano di casa mia.

Un giorno mi aveva raccontato che non piangeva mai. Ma quel pomeriggio aveva il volto rigato di lacrime.

«Piango da ieri, da quando ho visto il giornale. E da ieri non dormo.»

Maledetti parrucchieri. Senza arrivare alla Sacra Bibbia potrebbero mettere sul tavolino per i clienti qualcosa in più delle solite riviste di gossip o di quelle femminili. Il mio barbiere, uno degli ultimi due a Milano che faceva ancora la barba, teneva solo "Il manifesto", "quotidiano comunista". «Come me» ripeteva a tutti. E a chi gli chiedeva di mettere qualche rivista, in fondo non è che servisse proprio la classe operaia (era nel centro di Milano e tra i suoi clienti aveva alcuni dei personaggi più importanti, ricchi e famosi della città, come testimoniavano le foto alle pareti), lui rispondeva: «La libertà di stampa e di lettura qui è totale. Portatevi quello che volete, anche "Le Ore", ma la ditta fornisce solo "Il manifesto"».

Purtroppo il parrucchiere per signora di viale Piave, di cui era cliente Anna, non era comunista. E lei si era trovata a sfogliare il settimanale che, su due pagine titolava:

"La misteriosa bionda di de Grandis: è lei il segreto di una stagione straordinaria?".

Risposta affermativa, pensai, quando ebbi tra le mani il settimanale che mi diede, non senza un certo godimento, il mio compagno più antipatico, quello con la moglie altrettanto antipatica che avevo incontrato nella palestra del Principe d'estate.

Le foto non erano granché. Io ero riconoscibile. Anna no. Il volto era sgranato, i vestiti non perfettamente distinguibili. Il fotografo-voyeur, per fortuna, aveva puntato soprattutto su di me. Pensai che, nel giro di amici di Anna, non molti avrebbero avuto tra le mani quel settimanale. E soprattutto non lo leggeva Davide. Ne ero certo e lo dissi ad Anna.

«Anch'io lo sono, ma non ti puoi immaginare che cosa ho passato dopo aver visto quelle foto. Non c'ero preparata, Marco.»

Quando mi chiamava per nome la faccenda era seria. E serio il mio stordimento. Ero fuori dalla zona di sicurezza (quella dove non c'è dolore), ero lontano da qualsiasi zona. Ero come un acrobata che da tempo eseguiva un numero senza rete. Non avevo mai vissuto niente di quello che c'era stato e c'era ancora con Anna e ora lei mi chiedeva di lasciar perdere.

«Ho pensato con orrore a cosa sarebbe capitato se la mia faccia fosse stata distinguibile, se l'avesse vista Davide. Ho capito di non essere ancora pronta per affrontare questo.»

«Ma ora staremo attenti, non usciremo più. Oppure andremo via da Milano, in qualche posto all'estero, magari in Svizzera. Non è lontana.»

«No, non hai capito.»

E si asciugò le lacrime. Pioveva pure, quel martedì di marzo. Una giornata schifosa in tutti i sensi.

«Allora spiegami.»

Mi alzai dal divano e andai a guardare fuori. Il vento gonfio di pioggia sferzava gli alberi del giardino oltre il muro. Anna era in moto, come al solito, ed era arrivata completamente fradicia. Adesso indossava una mia tuta ed era avvolta da una coperta di cachemire che avevo comprato apposta per lei, che si era mostrata sempre freddolosa.

Tirò su con il naso.

«Finora avevo pensato a me e a te come persone normali. Pensavo che potessimo avere una storia normale.»

«Normale mica tanto.»

«Sì, certo, c'è anche quello, cosa credi che i sensi di colpa non mi abbiano travolto a ondate? Però la vita con te, ogni istante, ne valeva la pena. Ma ora mi rendo conto che questa "normalità" è solo fittizia. Che tu sei una persona famosa e io no, che tu hai ventisette anni e io quarantadue.»

La interruppi: «Questo non ha importanza».

Lei si alzò e mi venne vicino. Mi circondò con le sue braccia.

«E invece ce l'ha, come parte di un tutto. E questo tutto noi non possiamo viverlo serenamente, come una coppia qualsiasi, anche di adulteri qualsiasi, voglio dire. Tu sei famoso, io no. Ti riconoscono per strada, a me no. Io pensavo di poter incrociare le nostre esistenze così, come niente. E invece non è possibile. Finora siamo stati fortunati, ma in futuro? Tu vuoi fare una vita da recluso, vederci solo qui? Non credo. Io non voglio. E poi, chi ti dice che, ora, non si apposti un fotografo qua sotto?»

«Anche gli altri, nelle nostre condizioni, non è che fanno una vita all'aria aperta» tentai un'altra debole difesa. Poi aggiunsi: «Sembra che la fai facile».

Anna mi guardò severa: «Non è facile, né per me, né per te. Ma dobbiamo sospendere».

«Cosa vuol dire sospendere?»

«Sospendere di vederci. L'altro non si sospende, non è possibile, quello che c'è tra di noi andrà avanti. Però non dobbiamo vederci.»

«Telefonate, messaggi, e-mail?»

Anna scosse la testa. Mi resi conto che era decisa.

«Meglio di no. Sospendiamo, vediamo. Marco, io non

190

posso perdere la mia famiglia, ora, specialmente per una cosa del genere, per una foto su uno squallido giornale.»

Mi staccai da lei. Feci due passi, poi mi voltai.

«Allora è così.» Non so se fosse una domanda o un'affermazione. So che non capivo nulla e avevo la testa pesante. Anna era la cosa più concreta della mia vita. Era la cosa che aveva riempito la mia vita. Il pensiero del vuoto mi rendeva debole, stanco. Ma la rapidità del tutto non consentiva ancora la consapevolezza del dolore.

Quello sarebbe arrivato prestissimo, lo sapevo.

40

FARSI I FATTI DEGLI ALTRI

L'inglese lo arrestarono mentre usciva dal centro sportivo. Un'americanata pazzesca, con le auto della polizia che sbucavano dal bosco bloccando la stradina davanti alla sua Mercedes. "Come un criminale incallito" scrissero tutti i giornali, a cui l'inglese non era mai stato simpatico, ma che, in questa occasione, si schierarono con lui. Effettivamente l'intera faccenda era veramente grottesca, a cominciare dall'accusa: "sfruttamento e incitamento alla prostituzione".

L'inglese era sempre l'ultimo ad andarsene, perché stava sotto la doccia più di tutti, poi saliva al bar e si prendeva un caffè. Quindi telefonava a qualcuna delle sue ragazze, magari a più d'una contemporaneamente, con i suoi tre telefoni, organizzando la serata. Giuro: gliel'ho visto fare, tre in un colpo solo. Quella sera, forse, aveva parlato proprio con la tizia che l'aveva inguaiato con quell'accusa priva di senso.

Accadde un mercoledì. Per me era il quarantaduesimo giorno senza Anna.

La mia vita, ormai, si divideva in prima di Anna e dopo Anna. E l'ultima sensazione di felicità risaliva a quel giorno di marzo quando aprii la porta di casa e Anna entrò. Poco prima che mi dicesse che dovevamo "sospendere". Bel verbo. In senso sportivo si usa come sinonimo di squalificare. Un turno di squalifica o di sospensione. Poi potevi rientrare.

Quel "sospendere" mi aveva lasciato in una specie di

terra di nessuno dove non si muoveva una sola emozione. Tutto era fermo, immobile. Era come se potessimo tornare ancora a vederci, a parlarci, a toccarci. E poi tutto il resto. Anna, tecnicamente, non aveva detto che era finita. Però aveva evitato di scrivermi mail, sms e non aveva ceduto alla tentazione di telefonarmi.

Io no. Io ogni tanto provavo a intaccare la sospensione. Per non sembrare ossessivo, nei primi tempi dopo che se n'era andata, lasciavo passare almeno tre, quattro giorni tra una telefonata e l'altra. Poi ero salito a una settimana. Anna non rispondeva mai. Avevo pensato, a un certo punto, di schermare il numero del mio cellulare o di prendermi un'altra utenza e di chiamarla protetto dall'anonimato, ma poi mi ero detto che era una cosa da vigliacchi (uno) e che lei doveva voler rispondere a me (due).

Io ero già a casa, quella sera, quando mi chiamò uno dei compagni per dirmi dell'inglese. Guardai il telegiornale. C'era un servizio sull'arresto, con le immagini dell'inglese che entrava in auto in questura a Milano. Il giorno dopo c'erano fior di polemiche sui giornali. Quasi tutti parlavano di sproporzione. Poi un tale, che mi era capitato di vedere in tv, diceva che era giusto, che non si dovevano fare sconti solo perché si trattava di una persona famosa. Quello che sosteneva, in linea di principio, non era sbagliato, ma a me, a pelle, quel tizio non piaceva: pareva godere un mondo quando si chiudevano le manette attorno ai polsi di qualcuno. Colpevole o innocente che fosse.

Io l'inglese lo conoscevo. Era l'inglese, aveva un mucchio di soldi, era un bel ragazzo e si godeva la vita. L'unico reato di cui poteva essere accusato era di prendere e mollare ragazze a ripetizione. Era leggero. Ma se una di queste pensava di poter vivere una storia d'amore eterno con lui era lei a meritare qualche giorno in galera. Una di loro si era vendicata, ne ero certo.

L'inglese passò una notte in questura, poi non poterono fare altro che concedergli gli arresti domiciliari. Dieci giorni, e gli vennero revocati pure quelli.

Pensai di rivederlo al centro sportivo, ma non ritornò. Aspettai un paio di giorni. Niente. Nessuno ne parlava, come se l'argomento fosse coperto dal segreto di Stato. Neanche pettegolezzi. Mi parve strano così, dopo una settimana, andai dall'allenatore a chiedere notizie.

«Dov'è l'inglese?»

Quello scosse la testa: «Non dovrei dirtelo, ma la società ha deciso di tagliarlo e approfitta di questa storia. Così si libera di uno stipendio pesante. Io ho cercato di spiegare che può tornare ancora utile, anche partendo dalla panchina, ma mi hanno risposto che mi prendono un attaccante giovane che a me piace moltissimo. Mi dispiace, ma lo show va avanti, mi spiego?».

Si spiegava benissimo.

Guardavo le facce nello spogliatoio e mi rendevo conto che quello era il gioco. E, in fondo, l'avevo sempre saputo. Per anni avevo visto vecchi campioni ceduti, costretti al ritiro, messi in condizione di andarsene o di trasferirsi, con le buone o con le cattive. Finché eri indispensabile dettavi legge, dopo i club te le facevano scontare tutte. Chissà, sarebbe accaduto anche a me, tra qualche anno. Fino a quel momento mi ero adattato agli ingranaggi, mi ero fatto i fatti miei.

Non che in quell'occasione elaborassi una teoria alternativa. Semplicemente, presi la moto e andai a casa dell'inglese, che aveva staccato tutti i telefoni. Era un bel giorno di aprile e l'aria era frizzante. L'inglese abitava in una villa nella zona di San Siro. «Casa e bottega, se non dovessimo fare questi stupidi ritiri verrei a piedi allo stadio.» L'aveva detto a tutti, anche più di una volta.

Ero certo della presenza di qualche fotografo, perciò lasciai la moto in una delle stradine laterali e feci un pezzo di strada a piedi. Non mi sbagliavo, erano in due, in una macchina piena di polvere. Non me ne fregava nulla se mi immortalavano mentre andavo dall'inglese, ma non volevo che mi vedessero in moto.

Suonai. Non ci fu risposta, ma dopo qualche istante un ronzio mi segnalò l'apertura del cancello. Da qualche parte c'era una telecamera, ma era ben nascosta. Sul vialetto che attraversava il bel giardino della villa mi venne incontro Bernardo, il cane dell'inglese. Era famoso anche lui. Quando il suo padrone era all'apice del successo, un giornalista gli aveva fatto un'intervista immaginaria. I giornalisti, dei veri deficienti.

Su Bernardo, poi, giravano tante leggende.

La più celebre riguardava il direttore sportivo di una squadra che voleva ingaggiare l'inglese. Si era presentato al cancello e, una volta entrato, aveva visto Bernardo che lo puntava. Allora si era messo a correre inseguito dal cane, felice, che non chiedeva altro che giocare a rimpiattino. Terrorizzato, il dirigente si era buttato in piscina con il suo prezioso gessato di Caraceni.

Mi misi quasi a ridere, mentre prendevo la testona di Bernardo tra le mani e cominciavo a grattargli il collo.

«Ti diverti, professorino?»

L'inglese era sbucato dalla portafinestra della veranda. Indossava un paio di pantaloni della tuta e una felpa dei Giants. Ne avevo una uguale, l'avevamo acquistata insieme a New York durante una tournée della squadra negli Stati Uniti.

«Pensavo a quel direttore sportivo che si tuffò nella tua piscina.»

Strappai un sogghigno anche a lui e mi invitò a sedermi in veranda.

"Belinda" chiamò. Una filippina minuta e carina sbucò dal nulla.

«Cosa prendi?»

«Un caffè grazie.»

«A me fammelo doppio. E porta anche una bottiglia di acqua minerale gassata. Grazie.»

Io guardai la ragazza e poi guardai lui. L'inglese scosse la testa: «Mai neanche sfiorata, ha sedici anni ed è la figlia della mia badante».

«Badante?»

«Da quando è cominciata questa storia, chiamo così la

195

mia donna di casa. Ormai sono come un anziano che non può uscire e necessita di una badante.»

Prendemmo i caffè, poi l'inglese tirò fuori dalla tasca un pacchetto di sigarette e se ne accese una. Mi fece un cenno di prenderne, ma stavo bene così.

«Anche questa è nuova, non ti ho mai visto fumare»

Lui soffiò il fumo.

«Come si cambia... per non morire.»

«Fiorella Mannoia.»

«Sei sempre il solito secchione.»

Rimanemmo in silenzio per un po', poi lui disse: «Pensa che volevo smettere a fine anno. E invece mi fanno smettere».

«Ma va', figurati se non trovi una squadra, e buona per giunta.»

«No, non è questo. È che cose del genere ti marchiano.»

«Per favore. Ma pensa a quel fotografo, quello dello scandalo sui giornali, ora guadagna più di prima.»

«È proprio questo il punto. Forse ti sorprenderà, ma io non voglio fare le serate a botte di trentamila euro, nel ruolo del "pappone". Io voglio giocare a calcio senza che nessuno pensi "ecco, quello che faceva il ruffiano".»

«Le accuse cadranno.»

Ma mentre lo dicevo, mi rendevo conto che il processo era già stato celebrato e la sentenza emessa. Senza neanche entrare in un'aula di tribunale.

L'inglese spense la sigaretta e poi mi guardò.

«Ma tu che ci fai qui?»

«Sono venuto a trovarti.»

«E basta?»

«E basta.»

L'inglese si accese un'altra sigaretta e questa volta ne presi una anch'io.

«C'hai una fissa?»

La domanda dell'inglese mi spiazzò. Dovevo avere un'espressione eloquente, perché lui si mise a ridere.

«No, scusa, non sono fatti miei. È che in questi mesi ti

ho visto cambiato. Non solo nel calcio. Piccole cose, ma ho pensato che fosse una cosa seria.»

L'inglese. Perché dovevo sempre rincorrere un giudizio preventivamente negativo sulle persone? Ma forse ero lì proprio perché avevo sempre saputo che non era così "leggero" come pareva.

«Era una cosa seria, adesso è finita.»

«A me piacerebbe avere una storia seria» disse.

«Be', perché no?»

«A te come è successo?»

Perché no?, mi dissi. E gli raccontai di Anna.

41
SODDISFAZIONI E CAMBIAMENTI

«Sei licenziato.»

Ero nell'ufficio romano del mio procuratore squalo e pronunciai queste parole con un piacere infinito, quasi cinematografico. Lui non ci credeva, ma quando gli diedi una lettera scritta dall'avvocato che mi ero cercato apposta, in cui gli ingiungevo di passare tutti i miei contratti pubblicitari e tutte le pratiche che mi riguardavano allo studio Allemandi & Brighi, e per conoscenza a Mimì Cascella, cominciò a urlare.

«Ma dove vai senza di me? E cosa pensi di combinare affidandoti di nuovo a quel cialtrone di Mimì?»

Ero già sulla porta del suo ufficio e tornai indietro, minaccioso. Lui si spaventò e si alzò di scatto facendo cadere la seggiola, arretrando fino alla finestra.

«Puoi dire di me quello che vuoi, ma non ti azzardare a toccare Mimì.»

In strada, in quella giornata caldissima del maggio romano, mi misi gli occhiali da sole con soddisfazione. E aggiunsi alla mia giornata positiva una riflessione: il bello di quello che mi stava succedendo non era stato studiato a tavolino. Non mi ero messo a pianificarlo. Avevo preso una serie di decisioni, affrontato questioni della mia vita come se fosse naturale, come mi veniva. E quella era l'ultima.

Poi sarei potuto partire con la Nazionale. Avevo ancora un paio di giorni di vacanza. Quella sera mi aspettava Mimì per una cena, poi sarei andato al paese a salutare la nonna.

I cambiamenti erano cominciati con la mia visita all'inglese. Era una di quelle cose che avrei raccontato ad Anna, quando ci saremmo incontrati. Ogni volta che la rivedevo, dovevo dirle di me, riepilogare la mia vita, quello che c'era stato prima di lei. Peccato non poterlo fare anche in questa occasione. Anna c'era ancora, perché non poteva andarsene dalla mia vita con così poco preavviso. Però non c'era più, concretamente.

Mi chiedevo se Davide o i ragazzi si fossero accorti e avessero fatto delle domande sull'improvvisa "scomparsa" dello zio. Però, a pensarci bene, con Davide non avevo poi parlato molto. C'erano state più parole con il padre di Anna, sebbene l'avessi incontrato in un'occasione sola.

Una volta ero passato davanti all'università, più o meno all'ora in cui usciva lei, ma non mi ero fermato. Un passaggio e via, sperando di individuare il biglietto vincente della lotteria. Niente da fare.

In un primo momento, avevo sperato nella casualità, ma Anna era bravissima a evitarmi. Sì, era proprio un animale da fatica come si definì all'inizio del nostro rapporto. Ad esempio, evitava accuratamente di presentarsi all'oratorio quando don Pietro le diceva che era prevista la mia presenza.

Con lui cercavo di portare il discorso su Anna. Non era difficile. Don Pietro le voleva bene.

«È una ragazza particolare» la definiva così, «di grandi slanci. Sa essere molto generosa, certe volte troppo. Intendo dire che tende a fidarsi un po' troppo delle persone.»

Io lo guardai sorpreso. Lui allargò le braccia.

«Pensi che un prete non dovrebbe parlare così? Caro Marco, io sono un realista. In giro c'è tanta malafede. Predicare la speranza non vuol dire non riconoscere dove si annida il diavolo.»

Mi raccontò che Anna stava bene, che l'aveva incontrata un paio di giorni prima, che l'aveva invitata anche quella sera, ma non era potuta venire.

«Si è buttata molto nel lavoro, ultimamente. E adesso la

sera sta molto a casa con suo marito e i suoi figli. Dice che vuole dedicare più tempo a loro. È giusto, spesso pensiamo che siano dei soldatini, ma i bambini hanno bisogno di aiuto. Ma tu, è da un po' che non la senti? Magari più tardi la chiamiamo» disse.

Poi però si dimenticò e io preferii non ricordarglielo. Non volevo apparire sospetto in questo mio tentativo di far convergere su Anna ogni conversazione.

La raccolta fondi andava bene, ma non benissimo. Ogni tanto buttavo lì a don Pietro che, quando fossimo stati vicini alla cifra richiesta, avrei potuto colmare io il disavanzo. Lui scuoteva la testa.

«No, deve essere di tutti, con il contributo di tutti, anche per poche lire.»

Don Pietro era avanti per molte cose, ma ragionava ancora in lire. Spesso, sia prima che dopo la "sospensione" di Anna, andavo a cena da lui da solo. Una sera aveva preparato una parmigiana di melanzane favolosa. Bella pesante, però. Eppure, subito dopo cena non mi tirai indietro quando mi confessò che da ragazzo giocava come portiere e che il suo sogno era fare una sfida ai rigori con un giocatore di serie A. Così, in piena notte, scendemmo sul campo e lui si mise in porta.

«Non è meglio se si mette una tuta?» gli suggerii.

Lui mi fece cenno di tirare. Cominciò a tuffarsi con i pantaloni scuri che si chiazzarono subito di terra. Aveva un entusiasmo che rispettavo.

«Tira come se io fossi un portiere vero, però, niente sconti.»

Non so quanto tempo restammo sul campo. Io, come da richiesta, ero serissimo nell'esecuzione dei rigori. Finalmente, quando ormai ero certo che avremmo visto l'alba, ne prese uno e, tutto sporco, cominciò a urlare ed esultare come se avesse appena conquistato una coppa.

Ripensai a quell'episodio una settimana dopo la mia visita dall'inglese. Eravamo usciti a cena insieme, lui e io. Era la prima volta, dall'inizio dello scandalo, che abbandonava il suo esilio. Lo avevo convinto a mollare i soliti ristoranti, ed eravamo finiti a Cusago in uno dei posti preferiti di Anna. Dopo cena eravamo rimasti a parlare sulla piazza, appoggiati alla mia auto. La piazza di Cusago è bellissima, con Anna ci eravamo stati una notte intera, nella mia cabrio a guardare le stelle. Mi venne voglia di chiamarla e rivelarle dov'ero.

«Allora, hai deciso cosa fare?»

«Niente. Smetto e mi godo i miei soldi.»

Teneva in mano un telefonino. Aveva deciso di accenderne uno a caso. Non sapeva neanche a quale numero corrispondesse e a chi lo aveva dato.

«Forse è quello che ha solo mia mamma, ma lei mi chiama a casa. Su questo non mi chiama nessuno.»

«Secondo me puoi ancora giocare.»

S'infastidiva, quando gli dicevo così.

«Prof, per favore, molla.»

Fu in quel momento che ripensai a don Pietro, ai rigori noi due da soli, di notte.

«Secondo me dovresti fare qualcosa che non hai mai fatto, qualcosa che ti smuova un po'.»

«Hai qualche idea?»

«Forse.»

Nacque così l'idea della partita. Chiamai il mio procuratore e gliela spiegai.

«Sei matto? Ma per favore, lascia perdere.»

«Mi sembra che tu lavori per me, ti sto chiedendo di aiutarmi, non fa parte del tuo lavoro?»

«No, questo no.»

Fu lì che decisi che lo avrei cacciato, ma in quel momento non avevo tempo. Feci quello che facevo sempre in quelle situazioni. Mi rivolsi a Mimì. Lui cominciò a smoccolare, ma poi mi aiutò. In fondo gli avevo chiesto solo di trovarmi un campo appena fuori Milano, non più di dieci chilometri, con qualche tribuna, in modo da poter ospitare almeno tremila spettatori. Mimì aveva un amico che abitava a Binasco.

«Il campo è quello che si vede dall'autostrada per Genova, comodissimo» mi disse.

Degli steward, del personale e delle spese vive si sarebbe occupata la società locale. Parlai con il presidente.

«Per noi è un grande onore ospitare lei, il suo collega e questa bella iniziativa.»

Sicuramente si sarebbe venduto tutta la pubblicità, ma a me interessava l'incasso per don Pietro e la partita per l'inglese.

Gli spiegai tutto una sera che si era messo in testa di cucinare e mi aveva invitato a casa. In realtà cucinò sua sorella, che era arrivata da Bologna dove studiava letteratura inglese. Sapevo che aveva una sorella, ma me l'ero immaginata diversa. Era carina, alta, con i jeans a vita bassissima, la pancia scoperta e i capelli neri pettinati tipo rasta e un sacco di collanine. Temetti che ci preparasse qualche piatto esotico e invece ci servì delle pennette alla Norma buonissime e un'insalata di grana e carciofi. L'inglese, davanti alla mia proposta, mi rispose come il mio procuratore.

«Tu sei matto.»

«Senti, la macchina è già in moto.»

«Cosa vorresti dire?»

«Domani su qualche giornale comincerà a trapelare la notizia. Ho scelto l'effetto valanga.»

Veramente l'aveva scelto Nico, a cui avevo affidato l'ufficio stampa. Nico era un martello pneumatico.

L'inglese mi fissò come si fissa un drogato.

«Tu hai organizzato una partita di beneficienza allo stadio di Binasco tra i ragazzi dell'oratorio di via del Turchino e quelli di Binasco, e io e te saremo i portieri delle due squadre?»

Cercava di abituarsi all'idea.

«Carino» commentò sua sorella.

«L'incasso andrà per la costruzione del nuovo oratorio. Prezzo unico. Cinque euro, giornalisti compresi.»

«Questo mi piace. Ma non è che lo fai per beneficienza anche nei miei confronti?»

«Lo faccio per me, per te, per don Pietro, per i ragazzini e per l'oratorio.»

E anche per Anna, naturalmente. Non perché sapesse che facevo una cosa per gli altri, ma perché volevo si ricordasse che c'ero, che esistevo. Buono o cattivo, non faceva differenza. Però buono suonava meglio.

«Va bene, farò 'sta pazzia. Tu mi piaci, prof. Ma non so se la società sarà d'accordo.»

Non lo era. Venni convocato in sede ed entrai nell'ufficio del direttore sportivo con l'espressione di chi coglie la stranezza del susseguirsi degli eventi. Un anno prima, mi ero alzato dalla seggiola con la scocciatura di dover andare in quella parrocchia. Dodici mesi dopo mi volevano impedire di completare quello che avevo cominciato su loro sollecitazione.

Lo feci presente al direttore sportivo.

«Non fare il furbo con me. Io ti conosco.»

Siccome mi ero scocciato di dargli del lei senza essere ricambiato, ero passato al "tu": «L'hai già detto una volta. Ti sbagli. E comunque non faccio il furbo. Farò questa partita».

«L'inglese è fuori rosa, è sputtanato e tu rischi di fare la sua fine. Inoltre, potresti finire fuori rosa anche tu.»

«La stagione è finita.»

«Non mi sfidare, o caccio anche te. Non sono contrario a iniziative come questa, ma devono essere approvate dal club. Ripeto, stai attento.»

Mi alzai. La conversazione mi aveva stufato. Il direttore sportivo bluffava. Lo sapevamo entrambi. Avevo appena terminato il mio migliore campionato. Ero insostituibile, e intendevo farlo valere.

«Sai, penso che una squadra la troverò.» Poi estrassi dalla tasca della giacca un volantino pubblicitario. «Vieni, ti aspetto. Ingresso cinque euro. Pagano tutti, compresi il sottoscritto e l'inglese. Sarà una bella cosa. Se non sei scemo, e non lo sei, starai dalla mia parte.»

42

LA PARTITA

Ero io contro l'inglese. O lui contro di me.

La palla era sul dischetto e lo guardavo muoversi sulla linea di porta come un ballerino, saltellando, spostandosi di lato, appoggiandosi sui talloni. Sembrava un portiere belga famoso una ventina d'anni fa, uno bravo, ma specializzato nelle sceneggiate. Mi venne da ridere, ma non perché lui fosse particolarmente divertente, no, perché rividi quella notte interminabile ai rigori con don Pietro.

Tutti attendevano che io tirassi. Come facevo sempre quando dovevo battere un calcio di rigore mi presi tutto il tempo che mi occorreva. E, secondo tradizione (e forse scaramanzia), alzai gli occhi verso la tribuna.

Fu allora che la vidi.

Vidi Anna, per la prima volta da quando mi aveva lasciato. Lo so, può sembrare insensato, ma c'era qualcosa che ci attirava, una specie di sincronia misteriosa che aveva sempre accompagnato le nostre telefonate, le nostre e-mail, i nostri sms. Spesso si sovrapponevano, come se avessimo pensato entrambi proprio in quel momento di scriverci, di telefonarci, di cercarci.

Accadeva così. Accadde anche quel giorno in cui lo stadio di Binasco era stracolmo di gente. C'erano uomini, donne, bambini, c'erano giornalisti che per la prima volta avevano pagato regolarmente il biglietto per entrare. C'era Nico che era venuto apposta da San Benedetto e mi faceva da portavoce, distribuiva comunicati, controllava i colleghi, l'eterno zaino incollato alla schiena. C'era don Pietro che avrebbe arbitrato la partita e, dopo quello di parare un rigore a un giocatore di serie A, avrebbe così coronato uno dei suoi sogni giovanili.

C'era tanta gente. C'era il direttore sportivo con altri dirigenti del club. Alla fine avevano capito che era meglio stare dalla nostra parte, dalla mia e da quella dell'inglese. Seppure a dentri stretti.

C'era un canale satellitare che, dietro pagamento di una cifra sostanziosa, avrebbe trasmesso la partita in diretta. L'occasione era particolare. In campo c'erano dieci ragazzini contro altri dieci e io e l'inglese eravamo i portieri. Le due squadre si preparavano a giocare come se fosse la finale della Champions League, con impegno, con determinazione.

Alla fine il risultato fu di parità: 2-2. Così arrivammo ai rigori. Dopo una serie da cinque in parità era stata decisa la sfida tra me e l'inglese: prima io in porta e lui sul dischetto, poi viceversa.

Lui aveva sbagliato e io gli avevo parato il tiro. Se segnavo la mia squadra vinceva la partita. I ragazzini che avevano giocato con me erano vicini alla nostra panchina e si tenevano per mano. Lo facevamo anche noi "grandi" delle squadre professionistiche in quei momenti, quando ci sono solo undici metri tra nulla e il successo.

«Professorino, diamoci un taglio, che qui facciamo notte. L'hai pagata l'illumunazione?»

L'inglese mi invitava a tirare e intanto continuava nel suo balletto che sembrava divertire moltissimo il pubblico.

Fu in quel momento che alzai la testa e vidi Anna. Era nella parte centrale della tribuna, in quel fazzoletto di sedie che erano state riservate per tutti quelli che si occupavano di aiutare il nuovo oratorio. Si era tagliata i capelli. Aveva una maglietta blu e un paio di pantaloni chiari. Accanto a lei c'era Davide. Non vidi i bambini. Non era possibile che fosse venuta senza di loro. E infatti mi accorsi che erano due file più sotto appoggiati alla balaustra.

Rimasi lì, sorpreso, come se vederla fosse l'ultimo degli avvenimenti possibili. In quei giorni mi ero chiesto spesso cosa sapeva di me, se anche lei cercava di estorcere qualche notizia a don Pietro, l'unico amico in comune, se anche lei tentava di portare il discorso su di me. Ormai mi ero ridotto a chiamarla ogni tre giorni. Senza ottenere risposta. Talvolta mi attraversava il desiderio di tornare davanti all'università, ma senza nascondermi, anzi, affrontandola, costringendola a dirmi a che punto era la "sospensione", se si poteva ridiscuterne. Ci pensavo per ore, valutavo i rischi, le possibilità, la ragionevolezza di quel gesto.

Forse Anna si aspettava proprio questo, che io l'andassi a cercare. Una volta, al liceo, mi piaceva una ragazza carina che aveva già un fidanzato. Lei non era del mio paese, ma di uno vicino e c'incontravamo sulla corriera che ci portava nella città dove andavamo a scuola. Avevamo cominciato a parlare, a stuzzicarci con le solite schermaglie tra ragazzo e ragazza. A me piaceva, ma non sapevo come dirglielo. Alla fine le avevo scritto una lettera. Mi aveva risposto dopo un po' dicendomi che le ero simpatico, ma che lei aveva già un fidanzato. Fine. Un anno dopo mi aveva rivelato che, se invece di scriverle, fossi andato ad aspettarla sotto casa, forse avrebbe piantato il suo ragazzo.

Stavo sbagliando allo stesso modo anche con Anna?

La guardai in tribuna e lei mi sorrise, facendomi un lieve cenno di saluto. Mi dispiaceva che si fosse tagliata i capelli. Sembrava diversa, ma non lo erano i suoi occhi. Anche così, da lontano, in mezzo a tanta gente mi pareva di vederli. Mi trasmettevano la solita emozione. Prima di andarsene, il giorno in cui mi aveva lasciato, mi aveva detto: «Sappi che non rimpiango nulla, neppure un attimo di quelli vissuti con te. Rifarei tutto».

Tutto questo forse avrebbe dovuto consolarmi. Ma non mi faceva questo effetto. Non mi sentivo consolato. E in quello sguardo che mi aveva lanciato c'era tutto ciò che provava per me, ma anche la fermezza nel tenermi lontano. Forse non dal suo cuore, ma per me non era sufficiente. Non mi bastava quel suo sguardo a dirmi che non erano cambiati i sentimenti per me. Noi, quella sera, non saremmo andati a cena insieme, non avremmo parlato, scherzato e tutto il resto. Tra due settimane sarebbe arrivato giugno, ma questa volta non saremmo stati insieme. Non solo perché mi aveva lasciato, io avevo la convocazione in Nazionale.

Non sarebbe stato il "nostro" giugno.

Mi arrivò l'urlo dell'inglese: «Arbitro, glielo dici tu qualcosa? Io comincio ad avere fame».

Io abbassai lo sguardo. Fissai l'inglese, infine presi la rincorsa e colpii il pallone.

43

UN MESSAGGIO RICEVUTO (2)

Arriva da lontano, come la coda di un uragano, il vociare della folla che si allontana. Fino a un'ora e mezzo fa aveva riempito il grande stadio, aveva urlato, aveva sognato, aveva riso, aveva pianto. Ora non c'è più quasi nessuno. Sbucando dal sottopassaggio, ho visto solo qualche addetto che pulisce, qualcuno che toglie i cartelloni pubblicitari. Ci sono un paio di giardinieri che rimettono a posto il prato. Qualche giornalista, lassù, sulle tribune, sta terminando il suo articolo.

Calpesto i coriandoli, i lustrini, le paillette usati per "decorare" la premiazione. Fa ancora caldo, anche se la mezzanotte è passata e la città non è proprio in riva al mare. Potevo anche non mettermi la divisa – ognuno stasera fa come vuole – ma l'ho indossata. Senza cravatta, però, che tengo infilata nel taschino. Non so perché sono venuto qui, forse sapevo che non ci avrei trovato nessuno.

Gli altri, i miei compagni sono tutti in giro fuori dallo stadio. Chi abbraccia mogli, figli, fidanzate, parenti assortiti, chi perfino i giornalisti, chi s'attacca al telefonino per chiamare il mondo intero. Per una sera siamo tutti fratelli. A proposito, da qualche parte dovrebbero esserci mio fratello con i suoi figli, mia sorella piccola e suo marito, ma non li ho cercati.

Mi siedo sulla panchina che durante la partita ospitava

il nostro allenatore e le riserve della squadra. Veramente non l'ho mai visto seduto. Non distinguo bene le stelle, perché c'è un po' di foschia.

Alla fine mi decido e accendo il cellulare. Quasi mi esplode tra le mani per i messaggi che si sono accumulati. Il primo mi avverte che "non c'è più posto per nuovi messaggi, cancellare ora?". Sì, cancello quelli sconosciuti, quelli dei dirigenti, dei presidenti, dei giornalisti che hanno il mio numero. Mi fermo solo su quelli dei parenti a cui poi risponderò.

Mentre sono preso da quell'attività avverto la presenza di qualcuno che si è seduto, senza fare rumore, accanto a me. È il giovanotto della Roma, quello che mi prestò il computer quella sera che lessi la "dichiarazione" di Anna.

«Non ti disturbo se mi siedo un po' qui?»

Mi piace, è un bel tipo. Ha giocato quasi tutta la partita, entrando praticamente a freddo per l'infortunio di uno dei titolari. E ha giocato bene. Glielo dico: «Bravo, hai fatto una partita da campione, ma lo sei, non te lo devo dire io».

«Grazie. Ma qui se c'è un campione vero sei tu, sul serio. E non solo per il gol e la partita che hai fatto, anche per tutto il resto.»

Forse anche lui ha letto la storia della partita di Binasco, di me e dell'inglese, di come abbiamo fatto ridere i ragazzini e il pubblico, e dei commenti positivi che abbiamo trovato sui giornali il giorno dopo. Perfino "L'Osservatore Romano" ha parlato bene di noi.

Il ragazzo tira fuori un pacchetto di caramelle. Mi viene da sorridere.

Lui contraccambia: «Ogni tanto ci vuole. Ne vuoi una?».

«Non aspettavo altro.»

Restiamo così, in silenzio, a mangiucchiarle. Io continuo a cancellare. Leggo e cancello gli sms. Tengo solo quelli di Mimì, di Nico, di Giacomo e dell'inglese.

MIMÌ Mi hai fatto commuovere.
NICO Quando torni grigliata super.

GIACOMO *(a cui avevo detto di andarsi a vedere le partite sul maxischermo di casa mia)* Sei meglio di un tango di Piaz-zolla.

L'INGLESE Mi ha fatto una proposta il Liverpool. Ci vado. Ah, due cose: 1) sei un amico; 2) sei grande (ma non come me).

Due degli inservienti si avvicinano e mi chiedono degli autografi, poi fanno firmare i foglietti anche al ragazzo. Ci salutano nella loro lingua. Dopo più di un mese da queste parti, abbiamo imparato a riconoscere alcune parole.

Il ragazzo parla con la sua fidanzata. Me ne accorgo da come sorride, dal tono di voce, dai movimenti delle mani.

Quando smette glielo chiedo: «La tua ragazza?».

«Sì, è rimasta a Roma. Voleva venire, ma domani ha un esame all'università.»

«Quanti anni ha?»

Sorride.

«La mia età. Ci siamo conosciuti in prima superiore. Lei era nel primo banco, la migliore della classe. Io le facevo i dispetti. Dopo un mese ci siamo messi insieme. Otto anni.»

«È tanto.»

«Dipende dai punti di vista.»

Il ragazzo mi piace. Veramente.

«In che senso?» lo interrogo.

«Può sembrare tanto, in realtà è pochissimo. Quando sto con lei il tempo mi sembra più veloce.»

Ha ragione.

«Anche per me è stato così.»

Lui è un buon centrocampista. Uno di quelli che vengono definiti "incontristi". Uno di quelli che non mollano la presa.

«È stato?»

«Ci siamo lasciati. Anzi è stata lei a lasciare me.»

«Era quella delle foto?» Il mio sguardo lo costringe a specificare. «Io li leggo i giornali.»

«Fai bene. Comunque sì, era lei.»

E a questo punto mi dice una cosa che me lo fa apprez-
zare ancora di più.

«Non ti posso dire che ti capisco perché una cosa del
genere non credo si possa comprendere con la ragione.
Non credo si possa comprendere e basta.»

Io la vedo come Mimì. L'ultima volta che ci siamo visti
ho raccontato anche a lui di Anna.

Quando ci siamo lasciati mi ha regalato una delle sue
massime: «Ognuno di noi dipende da qualcosa. Lo so bene, io che non saprei mai rinunciare a un piatto di tonna-
relli cacio e pepe. È come la droga, come il bere, come il
vizio del gioco, ma anche come un bene prezioso, non c'è
solo dipendenza dalle cose che fanno male. Anche se, forse, la tua situazione con questa donna non è che faccia benissimo». Un pausa e poi: «Una storia come questa che mi
hai raccontato, un amore come questo, creano dipendenza. Ricordati: si smette, ma non si guarisce».

Così, quando arrivo all'ultimo messaggio ricevuto,
non sono per niente sorpreso. Solo emozionato, stupito,
spaventato.

ANNA Perché non mi chiami più?

Nota dell'autore

In questo romanzo c'è molta Milano. Quasi tutti i luoghi esistono, ma sono stati rivisitati e scritti con la prospettiva dell'autore che, forse, li ha ritoccati un po'. Forse. In questo romanzo ci sono nomi, personaggi, situazioni. Qualcuno potrebbe vederci delle somiglianze, qualcuno potrebbe pensare che ci siano precisi richiami alla realtà. Invece, come si diceva una volta "ogni riferimento a persone o fatti realmente accaduti è puramente casuale". Se ho commesso degli errori, di qualsiasi genere, chiedo scusa, se ho sbagliato il nome di una via perdonatemi. Nel momento in cui questo libro va in stampa sto leggendo un romanzo inglese in cui l'autrice spende due pagine di ringraziamenti e fa una sessantina di nomi. Io ne faccio pochi. Ringrazio tutti quelli che hanno letto questo libro, lo hanno corretto, lo hanno sostenuto. Ringrazio Antonio, Federica e Giulia.

Ringrazio, soprattutto, mia moglie Emanuela perché esiste e perché ha resistito all'impulso di dirmi di spegnere il computer nelle lunghe notti di lavoro. Ringrazio Cecilia, diciotto anni da poco, Rachele e Giovanni. A loro ho sottratto tempo, giochi, parole per stare aggrappato a queste pagine. Spero di non averlo fatto invano.

INDICE